NieR Re[in]carnation

少　女　與　怪　物

作者

映島 巡

監修

橫尾太郎 &
NieR Re[in]carnation 腳本團隊

封面插畫

CyDesignation　吉田明彥

彩頁插畫

黑色少女　CyDesignation　吉田明彥
流浪少年、機械士兵、不斷挑戰山岳之人　CyDesignation　菊地草平
義肢獵人　CyDesignation　山田都史佳
殺手　CyDesignation　邊冬

內頁插畫

顯示圖片 applibot　一才
白色少女　CyDesignation　上田都史佳

書衣、內頁、封面設計　井尻幸惠

NieR:Re[in]carnation 少女與怪物

CONTENTS

貫穿虛空的石造巨塔。那座巨大的建築物名為「牢籠（Cage）」。

鏡子啊鏡子，請你告訴我。

大小跟成人的頭部差不多。全身用一塊白布蓋住，有兩個眼睛。總是飄在空中，愛說話又愛多管閒事。她是誰？

答案是媽媽。答對了！

……開玩笑的啦。跟鏡中的自己玩猜謎，是不是有點幼稚？

不過，鏡子真是神奇的東西。看起來如實反映了原本的模樣，卻絕對不會照出真實。鏡子裡面的是左右顛倒的虛假姿態。人類卻總是克制不住想要照鏡子的慾望，彷彿深信著鏡中才存在真實。

巨大鏡子的這一側和另一側，哪邊才是真的？

黑衣少女低垂著頭。

小小的身體顯得更加嬌小。綁成兩根辮子的頭髮在微微晃動。跟快要哭出來時，肩膀顫抖的動作很像。然而，從蒼白的嘴唇傾瀉而出的並非哭聲。微弱的聲音細不可聞，但看得出來她的嘴巴在動。「怎麼辦」的嘴型。

該怎麼辦才好？

黑衣少女為何感到困擾？她知道，所以她呼喚了她。那是她的工作，所以她開了口。她說，你好像很傷腦筋呢。

少女回頭用充滿敵意的雙眼瞪向她。一點都不適合嬌小少女的沙啞聲音，從她的口中傳出。少女誤會了。誤以為她是少女的敵人，招致這個事態的元凶的同夥。

「等等，我不是你的敵人。」

可是，少女的敵意沒有消失，儼然是隻氣得全身的毛倒豎的小動物。不能怪她。她跟為少女帶來災厄的對象一樣，飄在空中移動又會說話。形狀相去甚遠，大小卻幾乎相同。把他們誤認成同夥，又有誰能責怪她？

「我搞不好會是你的救世主喔。」

她急忙補上一句，少女聞言，敵意中浮現一絲困惑。百分之九十九的敵意，和僅僅百分之一的懷疑。眼前的神祕飛行生物，說不定不是敵人。

「想讓那孩子恢復原狀，不是不可能。」

少女的表情變了。她激動地靠過來。她提出了少女現在最迫切的希望，想要立刻付諸實行再正常不過。

需要說明。「不是不可能」和「能輕鬆辦到」並非同義。

「可是，需要龐大的力量。」

準備龐大力量的程序。達成這個目的的覺悟。少女能否達成這兩個條件？

少女眼中的敵意消失，只看得見急躁。彷彿在催促她快點說下去。想盡快得知自己該做什麼才好的心情，明確地傳達過來。

「……只要沿著這座『牢籠』往回走就行。」

解釋起來很簡單。正因如此，才必須事先提醒。

「不過，代價是你會失去聲音及感覺。」

這樣她是不是就能理解「在這座『牢籠』往回走」有多困難了？得知自己會失去聲音及感覺，她的願望還是不會改變嗎？恐懼及躊躇是否會動搖她的決心？

她從正面凝視少女的臉。沒有敵意，沒有困惑，沒有急躁，眼中寄宿著堅定的光。

「真的可以嗎？」

少女點頭。就算知道未來會發生的事、未來該做的事，想讓那孩子恢復原狀的心意，似乎還是沒有動搖。

「我明白了。」

……回顧起來差不多就是這樣吧。於是，走回頭路的旅程開始了。這時我就知道，會是很辛苦的工作。竟然要＊＊＊＊的＊＊。很不簡單吧？

但這就是媽媽的工作。我不會想著要去省時省力。在一無所知的人眼中，可能會覺得媽媽只是打扮得漂漂亮亮（這塊布是全新的，好看嗎？嗯，好看對吧！）就是了。別看我這樣，媽媽工作很認真的喔？

為了那孩子——不對，是為了那兩個孩子，我得加油。好了。出發吧。

第1章

她在等待甦醒。等待黑衣少女憑藉自身的力量起身走到這裡的那一刻。沒過多少時間。大概。

思及此，她看見小小的人影走向這邊。是黑衣少女。少女的身體歪向一旁，彷彿重力裝置發生故障，但她馬上調整好姿勢，衝向前方。

在前進的過程中，她的動作不再僵硬。身體在訴說著還不想動，那孩子卻用存在於心中的某種意志迫使它行動。

噠噠噠的腳步聲，於冰冷的石頭路上響起。傳達出必須移動雙腿、必須向前邁進的焦急心情。即使能跑得遠比現在還快，那焦急的心情應該也不會消失。恐怕會持續到這趟旅程結束為止。

平坦的道路走到盡頭，轉為通往上方的漫長階梯。少女氣喘吁吁，表情卻沒有絲毫變化，平靜地往上爬。

加油，快到了。她在心裡試著為少女打氣。少女爬完階梯，只剩下平坦的道路，再跑一段路就能抵達這裡。

仔細一想，這個地方真奇妙。少女腳下的道路，盡頭是多邊形的廣場，中央有個鐵籠。高大的鐵籠讓人聯想到用來關動物的獸籠或鳥籠。

「牢籠(Cage)」中的牢籠，是想講冷笑話嗎？

不過，這裡就是起始之地。既漫長又短暫，彷彿在轉瞬之間就會結束，卻遠大無比的旅程，起點就在於此……

少女打開鐵籠的門走過來。

「哎呀呀。你終於醒了。」

她溫柔地說，以免嚇到她；她開朗地說，以免害她不安。少女的嘴角抽動著，似乎想說些什麼。

她靠近少女，好將那細若蚊鳴的聲音聽進耳中。然而，她只聽得見少女的吐氣聲。少女焦慮地把手放到脖子上，喉嚨卻一動也不動。

「是嗎……你果然失去聲音了……」

少女死心地放開喉嚨，看起來並不驚訝。她事先就跟她說明過，搞不好會失去聲音和感覺了。

「別擔心。媽媽會協助你。」
她打開另一邊的門，回過頭，對她說道「來這邊」，少女小跑步跟了上來。
「你失去的不只言語……」
她邊說邊偷看少女的側臉。啊啊，跟那孩子很像。相似卻不同。那孩子的表情總是變化多端，一下笑，一下哭，一下驚訝。那孩子臉上每次都帶著不一樣的表情。至於一個人的時候，大多會像有煩惱似地眉頭深鎖。
遠看都看得出來了，近看想必能看見更多的表情。
相對的，在這名黑衣少女臉上，看不見稱得上表情的表情。離得這麼近，依然完全無法判斷她在想什麼。失去了聲音，卻看不出悲傷、困惑，甚至連一絲不安都無法窺見。
也許她連悲傷這種情緒都失去了。很有可能。
「現在的你失去了許多東西。」
少女失去了什麼、失去了多少，沒辦法準確得知。要大致推算很簡單，不過想明確列舉出失去的東西分別為何，相當困難。得等到找回來後才會發現「噢，原來失去了這東西」。所以——

「所以，要去把它們找回來。」

多邊形廣場的前方，有一條像橋的道路，更前方是圓形的廣場。她站到空無一物的廣場正中央，接著便有個東西從上方降下，彷彿在以此為信號。是一座旋轉樓梯。跟道路和廣場一樣是石頭做的，形狀卻與獸骨有幾分相似。

「這是起始的階梯。通往『牢籠』的入口。」

不需要更多說明。少女果斷地開始攀爬階梯。不曉得從哪裡傳來了鐘聲。一聲、兩聲、三聲……沒有那個必要，卻會忍不住去計算，或許是習性使然。

景色在數到六的時候切換。

剎那間的黑暗後，光芒再度溢出。眼前一片開闊，映入眼簾的是跟剛才類似的石造走道及樓梯。只不過，頭上的天空跟剛才不同。沒有任何遮蔽視野的東西，蒙上一層淡褐色的天空。大概是飄到空中的細沙覆蓋住了天空。

周圍有幾棟建築物和塔。排列得亂七八糟，怎麼看都是自己長出來的。那些建築物延伸到天際。仔細計算，究竟有多少建築物和塔？

位於附近的建築物的牆壁上，整齊地排列著形似窗戶的孔洞，沙子不停從後面噴出。宛如擁有四方形嘴巴的鬼排在一起吐沙。吐出來的沙子流向建築物下方，不曉得有多深。搞不好沒有底。

「好壯觀！沙子在流出來。是什麼原理？」

那麼大量的沙子，究竟是從哪裡湧出的？不過，少女眉頭都不皺一下，持續向前奔跑。

「眼睛會進沙，要小心一點喔。」

放眼望去盡是沙塵，細小的砂礫一找到空隙就想往布料的纖維之間鑽。明明她應該連嘴裡都進沙了，少女卻並未因此面露難色，一步步爬上出現在前方的樓梯。

不過，只要暫時忽略粗糙沙粒造成的不快感，眼前的景色其實挺美的。彷彿踏進了從未聽過的古代國家的遺跡。抑或是褪色的舊照片。沙色的風將它們包覆住，不時在光芒照耀下閃耀光輝……

聽見聲音。是風聲？從走道的遙遠下方，傳來聽起來像顫抖聲的聲音。大概是風從那裡吹上來。

這個地方，沙之領域的樓梯滿布裂痕，東缺一角西缺一角。簡直像有人不樂見這趟旅程，試圖從旁干擾。不只樓梯。前方看似橋梁的通道及上坡路，同樣到處都是缺口。

她本想提醒少女「要仔細看路」、「小心不要跌倒」，最後決定作罷。少女靈活且謹慎地繞開石頭。感覺多嘴反而會干擾她。

「朝那根黑色柱子的底部前進吧。」

實際上，那不是「柱子」，只是飄向上空的黑色粒子凝聚成了細長型，但要解釋給少女聽太累人了。只要把目的地講清楚即可，用方便的名字代稱應該也無妨。

爬上漫長的上坡路的期間，慢慢看得見有個人型物體站在「柱子」的底部。以人類來說太過細長，由工整到不自然的曲線及直線構成的物體。

走近一看，那東西只有一隻腳，而且還飄在空中。沒有多長的雙手在胸前交握，雙手拿著一根細長的棒狀物。這副模樣像在祈禱，也像在懇求。然而，疑似頭部的部分沒有臉，所以這也只是主觀印象罷了。從面無表情這一點來說，抬頭看著人型物體的少女也跟這個稻草人差不多。

「這是分散於『牢籠』內的神祕雕像……」

事到如今，解釋這個也沒意義。這是一趟「往回走」的旅程，這座黑色雕像，少女應該看過好幾次了。但她不知道少女記不記得。她的記憶很可能跟聲音和感覺一樣丟失了。因此為求保險起見，她想先跟她說明。
「不曉得是誰做的，我都叫它『黑色稻草人』。」
只有一隻腳，所以是稻草人。不過，真正的稻草人不會飄在空中……
「總之，這就是第一個。從這邊開始吧。」
少女走向稻草人，緩緩伸出右手。沒人知道她是因為記得黑色稻草人才這麼做，還是下意識伸出手。
少女的指尖變成黑色，緊接著以水滲進沙子般的速度從手腕擴散至上臂、肩膀。手指到手臂之間的部位變得如同黑影，轉眼間化為塵埃失去輪廓。仔細一看，少女全身變成黑色塵埃的聚集物，被吸進稻草人之中。
「一路順風……小心點喔。」
這句話並沒有傳到少女耳中。她已經進到稻草人裡面了。

荒野中的三人「持杖少年」

有兩個人走在遼闊的荒野上。一名看起來教養良好的少年，以及走在後面的沉默寡言男子。他們似乎正在遭到追趕。少年走路時戒備著周遭，腳步看得出不安。

沙子乘風吹來。大地被沙覆蓋，草木不見蹤跡。從地底長出來的，是仙人掌和隨處可見的巨岩。前所未見的景色……

這裡是？噢，是稻草人裡面……我在「看」記憶。同時想起來了。那是什麼時候發生的事？

我問你喔，進入稻草人裡面是什麼感覺？聽見這個問題，我不知道該如何回答。當時我沒能說明清楚。最後我花了好一段時間，才想到「感覺像在看繪本」這個答案。久到我不禁覺得現在回答這個也沒用。因此，我沒有回答。

話說回來，這片天空的顏色……太陽即將沉入地平線下。現在是黃昏嗎？是的話未免太亮了。比起夕陽，這顏色更像營火。兩人的身影在火光照耀下，像在逃跑似的。

男子兩手空空，少年則背著看不出是杖還是長槍的長武器……

沙塵中冒出一座冷清的城鎮。少年提議稍微休息一下，男子靜靜點頭。

城鎮的入口及對面的建築物、被風吹得喀啦喀啦響的風車，全是乾燥沙子的顏色。顏色乾燥的城鎮。如同乾枯的草木，隱約散發一股死亡氣息的城鎮。

碎。可是，牠的爪子連碰到少年都做不到。黑色身軀向後飛去。少年旁邊不知何時出現一把長長的手杖。看來那不是長槍，而是用來使用魔法的手杖。

又一隻黑色敵人跟著飛出去。男子手裡有槍。男子並非赤手空拳，他偷偷帶著慣用的手槍。

少年與男子跟三隻敵人對峙。三對二，兩人卻絲毫不把數量上的不利及明顯的體型差距放在眼裡，只是默默繼續攻擊。

戰鬥結束得跟開始時一樣突然。

擊退賞金獵人的男子一口氣都沒喘，詢問少年。王子，您沒受傷吧？

黑色敵人消失殆盡。倒在地上的是不久前還帶著卑鄙笑容的賞金獵人男子。

少年回答他沒事，笑著說道「我已經不是王子了」。然後對男子提議「雖然很可惜，我們離開這座城鎮吧」。男子靜靜點頭，凝視少年的臉。

天空的顏色依然亮得刺眼，即將沉入地平線下的夕陽，始終維持在那個高度。明明覺得過了不少時間，天空卻毫無變化。不，這樣就行了。因為這是繪本世界的天空。

＊

黑色粒子從稻草人的身體流出，瞬間形成輪廓，變成少女的模樣，跟被稻草人吸進去時的動作完全相反。與此同時，稻草人身上的黑色褪去，變成了「白色稻草人」。

你回來了。辛苦你了。

不對。比起慰勞她，必須先跟她說明。因為不知道少女記得什麼，忘記了什麼……

「你的任務是修復因『黑色敵人』而扭曲的記憶故事。」

看不出是杖還是長槍的武器從稻草人手中脫離，落在少女手中。

「收集修復完畢的武器，就是我們的目的。」

不曉得她聽不聽得懂。不過，現在這樣就夠了。少女憑藉自身的意志選擇了這趟旅程。即使把細節忘了，只要她還懷著想要前進的心情，這條路一定走得下去。

少女奔向前方，彷彿在表示不需要更多說明。

看吧，不會有問題。因為她那想要前進的心情再強烈不過。

白色稻草人所在的廣場逐漸遠去。少女打開前方的門，是一條昏暗筆直的道路。沒有光源，走起路來卻不會危險。從出口照進的光會成為路標。

少女的腳步聲在昏暗的道路上規律地響起。通道愈來愈亮。可是，從出口照進的光太亮了，看不清前方的狀況。

少女被光刺得瞇起眼睛。一踏出出口，眼前就變成一片白色，她想必很困惑吧。

「哎呀！」

前方跟正午的戶外一樣光芒四射。飄在空中的沙粒閃閃發光。但眼睛習慣光線後，就會發現位於遙遠上方的並不是天空。兩側是造型複雜的牆壁，剛才看過的四方形孔洞整齊地排成一排，一同吐出沙子。這裡無疑是室內，巨大的建築物之中。

昏暗走道的前方依然是道路，卻像橋梁似地裁斷左右兩邊的部分，只有正中央的路可走。從道路邊緣往下看，下方深處是一片黑暗。那裡真的有「底」嗎？還是空無一物的空虛空間？

「這麼大的建築物，到底是怎麼蓋的？」

左右的牆壁高度直達天際，光是從這個地方往「上面」看，都有一定的高度。而且「下面」還深得無法目測深度。整棟建築物的高度根本無法想像。

平坦的道路前方，又是漫長的樓梯。爬上樓梯抵達平臺後，上方開有天窗，眩目的光從那裡照進。

天窗外面是什麼樣子，令人好奇不已，可惜道路在天窗前面就往右彎了，並未通往該處。

少女沿著道路右轉，看見黑色粒子凝聚成一根細長的柱子飄向空中。是黑色稻草人。

「第二個是這裡。準備好了嗎？」

少女默默走向稻草人，伸出右手。步驟一樣，所以她應該不會不安，肯定也不需要說明。

明知如此，她還是忍不住揮著手，對被稻草人吸進去的少女說「路上小心」。

荒野中的三人「義肢女」

酒館及食堂往往是情報的聚集處，因為人多的場所同時也能聽見許多對話。

從店裡的窗戶看出去，是營火色的天空。是剛才那段「記憶」的後續嗎？

擁有機械四肢的她也是為此來到這家店。身為賞金獵人，必須打聽目標的情報。

不對，登場人物不同。店裡的客人中，沒有持槍的男子，也沒有背著杖的少年。爛醉如泥的男性話講個不停，衣冠楚楚、看起來卻很傲慢的女性高興地談論謠言。長髮女子於店裡緩慢走動，聆聽他們的對話。「擁有機械四肢的她」。

從客人口中收集到的情報模稜兩可，但女子確實嗅到了獵物的氣味。女子追著獵物，離開這家店。

店外吹著參雜沙粒的風。少女直覺意識到，是同一座城鎮。是少年和男子被賞金獵人攻擊的地方。

一名賞金獵人擋在她前方。那人喘著粗氣，目露凶光。賞金獵人瞪著女子，叫她把身上的錢通通交出來。

黑鳥降落，附身在賞金獵人身上。男人化為黑色塵埃四散。黑色敵人接著出現……儘管登場人物不同，修復步驟還是一樣的。

女子拔出劍。她用不同於剛才的男子和少年的武器，砍向三隻黑色敵人。她只能隻身應戰，看起來卻比剛才那兩人從容。她以俐落的動作揮劍，精準命中敵人的要害。

勝負一瞬間就結束了。女子的嘆息纏上沙塵。她的力量來源是復仇心。半吊子不可能敵得過她。女子走向森林，尋找她的目標。

＊

黑色稻草人變成白色，少女回來了。第二把武器出現，落在少女手中。

「回收故事是為了取回你失去的東西，也是為了實現你的『願望』。所以不要著急，一步步收集故事吧。」

明知道事到如今用不著說明這些，她還是下意識說出口。或許有點太過度保護了，但她生性喜歡多管閒事，這也是無可奈何。

少女打開變成白色的稻草人背後的門，繼續前進。感覺像進入了一個巨大圓筒的內部。道路從圓筒中央穿過去，通往對面的牆壁，沿著圓筒的內牆延伸，構成一座漫長的旋轉樓梯。

樓梯沒有扶手。要是不小心踩空，倒向牆壁的另一側……肯定會在黑暗的底部摔死。剛才那條像橋一樣裁斷兩側的道路也是，這座建築物安全性不足。不僅如此，也缺乏實用性。

頂多只有造形美。由裁切得整整齊齊的石頭排列而成，不留一絲縫隙的牆壁、刻著神祕花紋的石柱、正圓形的廣場……連在各處不斷吐出的沙子，都像為了襯托這棟建築物的造形美的機關。瀰漫於空中的沙塵，為無色的石造建築物增添難以形容的色彩。看見沙子在光芒底下綻放光輝時，她不禁感嘆，原來沙子裡也有星星。

沒錯，一切都很美麗，但也只有美麗。單純為了美觀建造如此巨大的建築物，實在太瘋狂了。

剛醒過來時處於恍神狀態的少女，也差不多該為這個場所的神祕及奇妙感到訝異了吧。

「我想想……來談談這個地方──『牢籠』的事吧。」

話雖如此，她能提供的情報並不多。

「『牢籠』是非常巨大的建築物。你醒過來的地方跟此刻所在的沙之領域，都只是整體的一部分。這棟建築物真的充滿謎團，大部分的資訊都沒人知道。連是誰稱之為『牢籠』的都不得而知。」

她能說的只有這些。恐怕跟失去聲音及感覺前的少女所知的情報差不了多少。儘管如此，她依然試著跟她說話，是因為就算明白這麼做毫無意義，比起默默爬上樓梯，講點什麼心情會比較輕鬆。僅此而已……

這樣我哪還有資格嘲笑「牢籠」的設計者呢。

「好，看見第三個稻草人了。」

她刻意用輕快的語氣說道，少女的腳步卻沒有任何變化。當然也感覺不到她的心情有變輕鬆。

荒野中的三人「射擊手男」

有著一座廢棄教會的森林中。男子正在環顧四周。

是在第一個故事出現過的男人。只不過，光芒從顏色看似營火的天空中消失了。天還是亮的，太陽卻躲進茂盛的樹木後面。沒看見少年的身影。

男子好像在尋找食物。用繃帶裹住的臉上帶著一絲憂鬱，不曉得是不是錯覺。男子跪到地上，小心翼翼地撿起一個東西。紅色的果實，那就是「食物」吧。草木搖晃，發出窸窣聲。在尋找糧食的不只男子一人。野獸們也因為飢餓的關係，在森林裡徘徊。他們自然會為了珍貴的糧食爆發衝突。

出現的是隻黑色體毛的野獸。外表與黑色敵人十分相似，體表的質感卻不一樣。雖然被泥土及枯草弄得有點髒，黑色毛皮看起來頗為溫暖。然而，這隻野獸似乎跟黑色敵人一樣凶暴。野獸的咆哮撼動森林裡的樹木。牠齜牙咧嘴，舌頭散發惡臭。野獸的身體膨脹起來，化為黑色塵埃四散……牠被黑鳥附身了。

這次是一對一的戰鬥。不過，看起來絕不輕鬆。畢竟野獸的體型跟之前的敵人比起來大了一圈。站起來後的動作也很快，重點是手有四隻。而且牠的手比樹幹還粗，長著比任何猛禽類都還要銳利的鉤爪。

男子好不容易閃過黑色敵人揮下的手臂。揮空的拳頭陷進地面，開出一個大洞。即使如此，男子大致居於上風。黑色敵人著急地拉近距離。動作很大，或許是因為牠太過急躁。男子就是在等待這一刻。

槍口噴出火焰。受了傷的敵人變得更加憤怒。要射中全身都是破綻的敵人，想必易如反掌。

勝負決定得比二人對三隻的那時候還要快。

順利取得食物的男子回到教會。

男子回到徒有教會之名的廢屋。屋頂剝落，牆壁也東缺一塊西缺一塊，連遮風擋雨都有困難。儼然是……不，算了吧。現在還不想去想那些。

皮鞋聲於廢棄的禮拜堂內響起。少年躺在教會深處，面容憔悴。男子走到少年身邊，遞出他收集來的糧食。少年動著身體想要接過，虛弱的他卻連接過食物的力氣都沒有。

那是顆男子一手就能握住的小小果實，重量應該也沒多重，少年卻衰弱到連它都拿不住。任誰都看得出來，他時日無多。

男子慌了。他感覺到灼燒身體內側的疼痛。感覺到這樣下去少年會死的焦急與不安。

少年對他展露笑容，以蒙混過去。男子仍然沉默不語，盯著少年的臉。

啊啊，他們還真像。不對，那兩個人的外表截然不同。一點都不像。我只是不小心把他們重疊在一起罷了。我很清楚……

從變成白色的稻草人中出現的少女，臉上帶著某種情緒。稱不上表情，細微的某種情緒。不知道是多少習慣這趟旅程了，還是在這個故事中看見了什麼觸動心弦的情景。

＊

「那孩子生病了……竟然拖著那樣的身體在荒野旅行。」

她拿故事的登場人物開啟話題，少女卻變回了面無表情的人。這樣一來，她不禁覺得連在少女臉上窺見了些什麼都是錯覺。

「總之，這樣第三個記憶也修復完畢了。」

是錯覺也無妨。第三把武器也落到少女手中。只要繼續修復記憶，少女就能一步步取回失去的東西。這是肯定的。

「回收完下一個故事，這把杖的故事就結束了。」

我們走吧——她尚未開口，少女就飛奔而出。巨大的門敞開，遼闊的天空映入眼簾。前方同樣是道路及樓梯，但這裡是室外。宛如連接建築物的渡廊，沒有牆壁也沒有屋頂。

「雖說再一次就結束了……」

道路及樓梯依舊看不到終點。

「來到了挺高的地方呢。」

她從走道旁邊俯瞰下方。地面被沙塵遮住，無法目視。剛才她從至今以來走過的樓梯推測這裡「挺高的」，或許該改口為「非常高」才對。

「腳會不會痛？風景固然很美，這裡都是往上的樓梯……」

少女一直在爬石頭做成的階梯，對纖細的雙腿應該造成了不小的負擔。可是，少女仍在不停向上爬，速度絲毫未減。

「如果累了，隨時可以休息喔？」

不該這樣說的。她可能會擴大解釋成不累就不用休息。

「俗話說，休息是通往成功的捷徑。」

她補上一句話，少女卻沒有反應。看來這樣講同樣無法讓少女停下腳步。

道路及通往上方的樓梯，從數不清的高塔和建築物之間穿過。前一刻才經過的道路被它們擋住，回頭也看不見。唯有沙塵在燦爛的陽光下閃閃發光。

一轉過彎，視野就被光芒填滿。正前方的樓梯上放著一顆大光球。太陽近在眼前，不曉得是夕陽還是朝陽。

這座「牢籠」的設計者果然並非常人，竟然能創造出彷彿會通往太陽的階梯。還是說，這是針對少女的一點干擾，想讓她在真正意義上「看不清前方」？

「好亮的地方……不過，找到了。」

黑色粒子混在陽光中，筆直升向上方。

「那就是第四個黑色稻草人。」

少女的雙腳用力踢擊石階。令人不耐的漫長階梯前方恐怕是沙之領域的最上層，寬敞無比。黑色稻草人站在用數根巨大石柱圍繞的圓形廣場的正中央。

「裡面應該就裝著手杖的故事最後的記憶。」

就算修復了扭曲的故事，不幸的結局也不會變成幸福的結局，只是恢復原狀罷了。悲劇經過修復後依然是悲劇，沒有救贖的故事也不會產生救贖。

「武器的主人大多是投身於戰鬥之人。你等等應該會見證許多死亡。」

武器是用來戰鬥的道具。呼喚死亡的道具。讀取它的記憶，將其修復，代表要親眼目睹死亡。殘酷的工作。

「……做好覺悟了嗎？」

這不是威脅。之前那三個稻草人都是故事的途中，第四個稻草人卻連接著結局的記憶。必須直接面對戰鬥的結局，存在於終點的事物。因此她才會確認她的覺悟。

少女毫不猶豫走向稻草人。這樣就夠了。她說著「知道了，一路順風」，揮手為她送行。

荒野中的三人「旅途終點」

離開城鎮的女子，不久後抵達了荒蕪的森林。廢棄的教會靜靜聳立於此。牆壁不留原形，天花板徹底崩塌。

是病倒的少年和隨侍在旁的男子所在的那棟教會……只不過，建築物損壞得比他們在的時候更嚴重。雖然快要垮了，當時還留有屋頂；雖然滿是破洞，還有能稱之為牆壁的東西。

女子踏進的地方已經算不上建築物，反而該稱之為遺跡。為何會劣化得這麼快？不，不是劣化速度太快。是時間的流逝。時間的流逝為這棟建築物帶來相應的變化。

女子在教會深處看見的，是老舊的機械兵及少年的遺骸。

那名男子原來不是人類……少年已經化為白骨，男子的外表卻幾乎沒有變化。身上的衣服褪色，帽子也損壞得彷彿輕輕一碰就會粉碎。

女子正想走過去，機械兵突然站了起來。甦醒的機械兵拿槍指著女子，發出低吼。

男子的雙眼亮起紅光。他發出吱吱嘎嘎的聲音拿好槍。一群黑鳥從天而降，附身在男子身上。男子的身體爆炸，變成黑色粒子。只不過，他的外型並未改變。沒有像賞金獵人和森林的野獸那樣，變成黑色敵人。

女子剛拔出長劍就一口氣拉近距離，砍向男子。只要隔著足夠的距離，槍就是強大的武器，但在極近距離戰鬥，無法發揮它的優勢。在男子無法瞄準她的期間，女子揮出了兩、三次斬擊。拉近距離發動攻擊，在下一刻退後，不時高高跳到空中，藉助降落時的速度揮劍。

跟靈活的女子比起來，男子的動作實在遲緩。持槍的那隻手發出刺耳的聲音，踩在地面上的腳不自然地歪向一邊。

就算這樣，男子還是開了幾次槍，可惜對女子而言全都只是擦傷。不久後，男子倒在地上，再也不動了……

女賞金獵人開啟了她打倒的機械兵的紀錄。曾經是王子的少年，是被趕出王國的人。跟他一起旅行的男子則是身兼朋友及護衛的機械兵。

她想起少年之前說過「我已經不是王子了」。男子——機械兵當時的動作更加敏捷。面對從不間斷的攻擊，只能束手無策地杵在原地，最後被擊倒的，是敵人而非機械兵。

然而，少年受到病魔的摧殘，在旅行途中喪命。獨自留在世上的男子為了守護少年的遺骸，將靠近的人趕盡殺絕。少年死後過了百年。由機械構成的身體生鏽了，意識逐漸模糊，連王國都已經滅亡，男子卻一直守護著自己的主人。

百年。這段時間足夠讓少年的遺骸化為白骨，古老的教會化為遺跡。

女子立了墳墓弔祭兩人，靜靜離開森林。

墓碑是少年帶著的手杖。供在墳前的花是機械兵的帽子。帽子終將被風吹走，化為粉末吧。手杖也會被風雨吹倒，回歸塵土吧。

*

「原來那孩子是被趕出國家的王子。那名機械兵都快故障了，還是堅持要守住主人的亡骸……」

不曉得少女懷著什麼樣的心情，凝視失去該守護的對象，一直陪在那具空殼旁邊的守護者。感覺不像單純的旁觀，沒有任何想法……

「……收集完這個記憶後，遺留在手杖裡的他們的故事就結束了。這樣一來，正確的故事就會收在這把杖裡面。辛苦了。你看看手杖。」

手杖從稻草人體內出現。只不過跟之前那三根不同，它沒有落在少女手中，而是浮在空中。

手杖發出光芒，最後失去輪廓，變形成分不清是塊狀物還是球體的形狀。她將手伸向那道光，引導至少女身前。因為它是這孩子的東西……現在還是。

「收下吧。」

光芒被吸進少女體內。

「那是『意志』。你失去的『碎片』之一。你現在必須收集的東西。」

想起來了嗎？她凝視少女的臉，深深覺得沒辦法聽見她的回應真不方便。沒辦法。為求方便，只能當成她「想起來了」繼續前進。

這趟旅程開始前，少女失去了數個碎片。沿著「牢籠」往回走，收集全部的碎片……實現少女的願望。

「走吧，去尋找下一個稻草人。」

旋轉樓梯從天而降。鐘聲響了五次。彷彿在告訴她不會有問題。「牢籠」知道這座樓梯將通往何方……

我不是因為想休息才回房間喔？別看我這樣，媽媽可是很忙的。必須去做的事、必須思考的事，工作堆積如山。看，還要撿掉在地上的東西。

言歸正傳。跟那孩子幾乎無法成立對話……都是媽媽在自顧自地說話。好想嘆氣。

我當然明白。全都在預測之中。不出所料。要是那孩子笑咪咪地回話，或者點頭應聲，媽媽反而會大吃一驚。

不過……就算一開始就知道，看到那跟石像一樣僵硬的表情，還是挺沮喪的。而且還發生了有點出乎意料的事。沒想到那孩子的反應那麼平淡。我還以為他的表情變化會更豐富一點，或者缺乏動力。

因為，要沿著原路走回「牢籠」的起點喔？說不定看起來多少會有一些變化……但那可是走過一次的地方喔？那孩子卻……真的一點感覺都沒有的樣子。

假如他是不擅長表現情緒的類型，那也沒關係。媽媽會尊重每個人的個性。以那孩子的情況來說，還滿有可能的。

問題在於，如果那孩子忘記了一切。包含「牢籠」的事情在內，失去大部分的記憶，所以不知道那是自己曾經來過的地方——的這種情況。儘管不太能想像，這種可能性也是「有」的吧？萬一真的是這樣，代表那孩子非常受傷。若他的殘缺比想像中來得更嚴重……

不行不行。不可以這麼悲觀。至少那孩子記得自己的願望。其他事說不定也記得。即使有個萬一，他把願望以外的事忘光了，一定有辦法解決問題。

嗯，會有辦法的。那就是媽媽的工作。

總而言之，只能仔細地看好他了。任何微小的變化都不能看漏。

說得也是，閒聊也很重要。他搞不好會因為一點小事而想起什麼。盡量多跟他聊天吧。就算被他無視，就算他覺得煩，媽媽也不會放棄……可是如果被他討厭，媽媽會難過的。

那麼，差不多該回到「牢籠」了。路還很長呢……

第2章

聽見風聲。前方依然是沙之領域。以及石造的階梯和嚴重崩塌的石頭路。

「我想你應該也知道……前方的路同樣很長。」

附近雖然少了噴出大量沙子的牆壁，吹在身上的風仍舊混雜沙粒。瀰漫淡褐色沙塵的天空也有點看膩了。

少女忽然駐足。

「怎麼了？」

問題被無視了，但她憑藉少女的視線明白了原因。黑鳥停在道路邊緣。大概是看過的生物出現在意想不到的地方，令她感到困惑。

「那種地方竟然有黑鳥……虧你找得到。」

少女用小跑步助跑，跳躍。嬌小少女的步伐，發不出多大的聲音和震動，黑鳥卻像在逃跑似地飛走了。

「對『牢籠』來說，牠們是害鳥。總是到處破壞東西，很讓人傷腦筋。」

在稻草人裡面，黑鳥也是會破壞故事的害鳥。對少女來說，這麼做應該是理所當然，但她還是補上一句「謝謝你幫忙趕走牠們」。

前進了一段距離後，少女再度停下腳步。

「前方是岔路呢。」

右邊的路是平緩的下坡，左邊是漫長的樓梯。

「媽媽覺得右邊是正確的路。」

少女無視她的建議，走向左邊的漫長樓梯。

「不過，說不定左邊也是正確的。」

前方看得見黑柱。是稻草人。由於右邊的路通往下方，果然左邊才是對的也說不定。然而，漫長階梯前方的道路往旁邊彎去，看起來又像在遠離稻草人。

「也就是說……媽媽也不太清楚。」

前進了一段時間，看見兩條路交會了。交會點的前方有座樓梯，黑色稻草人站在上面。看來左右兩邊都是正確答案。根本不需要猶豫。

黑色稻草人背對著門站在那裡。不修復完故事，門就不會開啟。她沒有嘗試過，但隱約有股這種感覺。這裡就是那樣的地方……

這次的稻草人顯得有點攻擊性，或許是因為它拿著的不是杖，而是劍。劍尖指向空中的模樣，彷彿在試圖刺中天空。

「哎呀，那把武器是……」

她心想，很像。少女應該也知道。因為她在稻草人裡面，看過拿著跟這把劍非常相似的武器的人。少女卻面無表情地仰望稻草人，或許是對其他人的武器沒興趣。

「總之開始修復吧。下次會是什麼樣的故事呢？」

少女被吸進稻草人之中，一副這點小事無關緊要的態度。

失去之物「綠之故鄉」

在充滿水源及綠意的國家，有對美麗的黑髮姊妹。兩人在森林裡狩獵維生，互相扶持。

不是刺眼的顏色，是偏白色的天空。目所能及之處都看得見綠葉繁茂的樹木，美觀的民宅林立。和那座荒野的城鎮截然不同。那裡沒有花圃裡的花，也沒有於周圍飛舞的蝴蝶。「美景」指的就是這樣的畫面吧。

遠方是覆蓋著薄薄一層白雪的群山。從連綿的山峰可以看出，這裡似乎是被山環繞的國家。

姊姊代替已故的雙親教導妹妹狩獵。在森林裡出生，在森林裡長大的姊姊，是一名神乎其技的弓箭手。妹妹崇拜強大又美麗的姊姊，才剛學會射箭就躍躍欲試。姊姊則以溫暖的目光守望崇拜自己的妹妹逐漸成長。

高大的長髮少女是姊姊，頭髮比姊姊短一些、身高矮了許多的是妹妹。兩人聊得有說有笑，但我身為沒有姊姊也沒有妹妹的人，無法想像姊妹的關係及細微的情緒。只覺得好像很愉快。

妹妹說著「姊姊，妳看好，今天我要靠自己的力量收拾獵物」，手拿弓箭跑向森林。光是這樣，我就猜到之後會發生什麼事了。我不懂姊妹的心情，對於不幸及災厄倒是很瞭解。

啊啊，果然。妹妹去的地方有一隻野獸。巨大的野獸，正在安分地吃著草……的樣子。事實上，妹妹肯定不知道野獸在做什麼。她只看得見野獸的背影。妹妹打起幹勁，將箭架在弦上……完全不知道自己即將招惹上什麼東西。

野獸的咆哮從妹妹跑去的地方傳來。姊姊拚命尋找妹妹。

姊姊往聲音的來源奔跑。會不會趕不上的不安，使她面色僵硬。沒錯，聽見慘叫聲才趕過去，早就來不及了。大多數的情況下。

勃然大怒的野獸正準備攻擊妹妹。

黑鳥從天而降。野獸的身體膨脹起來。野生的獸類變成了黑色敵人。體積比原本那隻野獸小，動作卻更加迅速，還增加成三隻。

外型改變的不只野獸。姊姊的頭髮也變得雪白。不僅如此，其中一隻手是義手，其中一隻腳是義足。那個女人，好像在哪看過……

女子手中的不是弓箭，而是一把長劍。在來到這裡前看過的長劍，黑色稻草人持有的武器。女子以敏捷的動作砍中黑色敵人。看見她的動作，她想起來了。難怪會對這個人有印象。

女子高高躍向空中，藉助降落時的速度揮劍。在敵人反擊的前一刻退後，拉開距離。接著又一口氣逼近……我在不久前看過這種戰鬥方式。當時的戰鬥是一對一，就算成了一對三，我也不會認錯。

女子反覆前進及後退，確實地奪走敵人的性命。三隻敵人接連倒下，戰鬥落下帷幕。

黑鳥群消失後，姊姊恢復成原本的模樣。髮色及手中的武器都變了回來，義肢也成了人類的手腳。

野獸被姊姊的箭射中要害，落荒而逃。那麼巨大的野獸，妹妹一個人不可能應付得來。

妹妹站起身，緊抓著姊姊不放。姊姊溫柔地擁抱哭個不停的妹妹。

看見妹妹這麼害怕，姊姊拿下自己的髮飾，為妹妹戴上。那美麗的銀色髮飾是母親的遺物，妹妹一直很想要。妹妹臉上立刻綻放笑容，說：「下次換我保護姊姊。」

這次趕上了。姊姊很幸運。意思是，應該會有更甚於此的災厄在等待兩人。災厄將在幸運後來臨……大多數的情況下。

＊

稻草人拿著的武器慢慢飄離它手中，吸進少女體內。她看著這一幕，故作若無其事地跟她攀談。

「這次的武器是姊姊的故事嗎？不過，好像在哪裡看過那個姊姊……」

稻草人手中的長劍，也不是第一次看見。有人使用那把武器戰鬥。在前一個稻草人中。少女有發現嗎？

「繼續前進吧。」

少女一站到前面，還沒碰到它，稻草人背後的門就打開了。看吧，果然。她在內心自言自語。只要修復好故事，就能順利通過。「牢籠」就是那樣的地方。照理說。門後理應也會是跟之前一樣的道路，然而──

「這面黑色的牆壁是……」

跟大人一樣高的黑色牆壁，擋住了去路。用薄板組成，看起來不怎麼堅固的牆壁。可是，想必無法破壞。肯定也沒辦法爬過去或跳過去。因為這裡是「牢籠」。

「為什麼黑色稻草人外面會受到敵人的影響？」

至今以來，敵人的影響僅限於稻草人之中。因此只要進入稻草人，修復故事，就不會受到敵人的影響。偶爾會出現黑鳥，為了對付牠們而傷透腦筋，但次數並不頻繁。而且出現在「牢籠」裡的鳥大多只有一隻。離群的鳥稍微來搗亂一下的感覺。

跟進入稻草人的時候一樣——用不著她教，少女就把手貼近牆壁。雖然形狀不同，她似乎知道，這個散發黑色粒子的東西需要進行修復所需的「工作」。

可是，似乎不像稻草人那麼費工。過沒多久，少女就做完「工作」回來了。黑色牆壁在少女的身影化為實體的同時失去輪廓，變成塵埃飛散。

少女又開始奔跑。在道路上前進，爬上樓梯，彷彿什麼事都沒發生。然而，樓梯上方又有一面黑牆擋在那邊。黑色稻草人就在牆後。

「沒辦法。一面前進，一面處理掉它們吧。」

因為不除掉這面牆，就無法抵達下一個稻草人。

失去之物「姊妹羈絆」

黑髮姊妹狩獵完，決定在太陽下山前回家。這一天的獵物是妹妹獵到一隻小兔子，姊姊獵到一隻大野豬。對獵人姊妹來說是一如往常的成果，一如往常的日常。

「一如往常」這個詞出現了兩次。是會發生異於尋常的「什麼事」的預兆。我心想「八成會看到讓人不快的畫面」，有點警戒起來。像睡昏頭一樣的腦袋開始運轉後，會忍不住去思考不太想思考的事。

兩人在來到能俯瞰城鎮的山丘時發現異狀。城鎮起火了，還隱約聽得見槍聲。她們出發的時候，還看得見一片美景，被美觀的民宅和綠樹鮮花包圍的小鎮。回來時卻看到城鎮籠罩著黑煙及火焰。

姊姊想到的是鄰國發生的戰爭。姊姊叫妹妹留在原地，前去查看城鎮的狀況。人類為何總會忍不住踏進明知危險的地方？遠看都看得出城鎮很危險了，根本不該去查看情況。有那個時間，不如拉著妹妹的手逃走……我腦中浮現無意義的想法。這是記憶。是已經發生的事。思考其他的可能性，只是徒勞無功。

化為火海的城鎮異常安靜。在濃烈的黑煙中，姊姊為前所未見的景象屏住氣息。走到哪裡看見的都是屍體、屍體、屍體。

快離開吧。鎮上已經什麼都不剩了，沒有任何人，所以才鴉雀無聲。再怎麼探索都沒用，而且很危險。

如我所料，姊姊背後出現一名攜帶武器的士兵。士兵不悅地啐道「還有倖存者啊」，舉起手中的劍。姊姊正準備回頭的瞬間，黑鳥從天而降，附身在士兵身上。

士兵的身影消失，出現三隻黑色敵人。小型卻動作迅速的敵人，看起來比之前遇過的敵人都還要強。不過，她並未陷入苦戰。義足女旁邊站著持杖的少年，以及拿槍的機械兵。

原來如此。他們也是故事的登場人物，能在這個地方與她一同戰鬥。是這麼一回事啊。竟然忘了如此單純、重要的事。

在其他稻草人裡面，以敵人的身分交戰過的女子和機械兵，這次在並肩作戰。神奇的是，並不會不自然。三人以合作無間的動作耗損敵人的體力，儼然是很久以前就在守護對方的戰友。

打倒士兵的姊姊聽見聲音。是出於擔心而追過來的妹妹。

人類為何總會忍不住踏進明知危險的地方？我再度思考同樣的問題。不對，妹妹應該是還無法理解什麼是危險，什麼是安全。將她一個人留在那裡就是個錯誤……

敵國的士兵很快就發現兩人。找到了、在那裡。聲音逐漸接近。大量的追兵。火焰堵住去路。無處可逃。

敵軍在周圍吆喝。跟姊姊料想的一樣，鄰國的戰火終於也燒到了這個國家。敵

軍將兩人團團包圍，彷彿在狩獵獵物。

戰勝了黑色敵人，但那是義肢女的事。黑髮姊姊為了保護妹妹而中劍。她這名獵人的武器，只有對付森林的野獸時才能發揮威力，在全副武裝的士兵面前是多麼無力啊。

衝擊、灼熱、疼痛、妹妹的吶喊。在逐漸遠去的意識的狹縫間，士兵們說出的某個詞彙殘留在她耳中。是「篩選」一詞。

＊

「……這次的武器是戰爭的故事呀。」

過著平穩生活的姊妹被戰火波及。要說這是常見的故事，確實很常見。何況是戰鬥道具記住的故事。

「殘留在劍中的記憶，和平的故事還比較罕見……總覺得好悲傷。」

少女離開變白的稻草人，繼續奔跑，來到屋外。頭上是沙子色的天空，道路及階梯是架在空中的橋。建築物的外牆像牆壁一樣遮蔽視線。從道路的邊緣往下看，只看得見沙塵。來自遙遠下方的風聲，是與之前並無二異的淒涼。有如「牢籠」本身在將哀嘆及悲傷訴諸歌聲。

被哀嘆及悲傷觸動心弦的，不只記憶中的人物，還有其他……

就在這時，她感覺到一股氣息，源自於高處。

「啊，那是……」

旁邊的塔上有道黑影。用兩隻腳站立，擁有兩隻手臂，卻不是人類。末端變細的腳和長著長爪的手，背上有對像翅膀的東西，頭部光滑，上面長著長長的觸角。全是昆蟲的特徵。可是，體長跟成年男性一樣，所以不是昆蟲。沒錯，是「怪物」。

身旁的少女臉色大變。她發出無聲的叫聲，試圖接近「怪物」。是否不該讓少女發現？剛才她因為太過驚訝，不小心驚呼出聲，或許該默默通過才對。

不，沒有那個選項可以選。「怪物」跳到面前了。即使想默默通過，他也不會坐視不管。「怪物」直接走向少女，舉起長爪，下一刻就會撕裂少女的爪子卻突然停下。

少女靜靜仰望「怪物」。刀刃般的爪子都伸到鼻尖了，卻毫不畏懼。

反而是「怪物」看起來在害怕。長爪子的手明顯在顫抖。呼吸急促，像在不知所措似地晃動頭部。「怪物」發出怪聲。他用雙手抱住頭部，痛苦地仰起身子。

不過，那也只持續了一瞬間。「怪物」跳了起來。跳到樓梯上面，往更上方移動……他逃走了。

少女立刻飛奔而出。她用前所未見的速度衝上樓梯，奔往「怪物」逃走的方向。少女應該是第一次這麼明顯地表現出情緒。

爬上樓梯，她從視野良好的高處環視周遭，哪裡都找不到黑影般的影子。他能一口氣跳到漫長樓梯的樓梯口，少女的腳程不可能追得上。

「……剛才那隻怪物似乎跑掉了。」

表情從少女臉上消失。她的心中想必有各種情緒在奔騰，少女卻無法將其表現出來。

「好了，下一個稻草人就在前面。打起精神加油吧。」

她能對少女說的，只有這句話。

失去之物「負之現世」

黑髮姊姊醒來時，身在迷霧漫漫的世界。

她對這種感覺有印象。是人類作的夢。夢裡發生的事。

遠方傳來聲音。與熟悉的妹妹的聲音極為相似，卻參雜著陌生的怪聲。是求救聲。一秒就聽得出誰發生了什麼事的聲音。不過，這裡是在夢中。

沒錯，必須去拯救妹妹。

模糊不清的記憶漸漸轉為焦躁感。為了保護妹妹挨的那一劍。獨留在戰場的妹妹的吶喊。以及王國士兵們的話語。

姊姊踩著不穩的步伐前進。模糊的視野、遙遠的聲音、對於在前方等待她的事物的不安。她應該早就知道了，只是不想承認。一旦承認，就等於接受。一旦接受，就等於見死不救。姊姊的心情如實傳達過來。

唯一的妹妹。唯一的家人。拜託，拜託……

她的願望沒有實現。敵人的數量擁有壓倒性的優勢，他們毫不掩飾殺意。這些人會拿為了王國當藉口，任何殘虐的行為都做得出來。結果顯而易見。

不久後，姊姊被白光籠罩……

啊啊，夢要結束了。白光是覺醒的徵兆。人類的夢很短暫。

清醒時，黑髮姊姊倒在陌生的牢獄中。姊姊察覺到一股異樣感。她望向自己的四肢，為之愕然。自己有一隻手、一隻腳變成機械，光澤亮麗的黑髮整頭都白了。

是義肢女。在荒野的城鎮打倒賞金獵人，在荒廢的教會與機械兵戰鬥，埋葬少年亡骸的女子，是黑髮姊姊的下場。

……妹妹呢！

姊姊衝出昏暗的牢獄，尋找妹妹。她輕而易舉地踢開門，聽見聲音趕過來的士兵也一腳就被她踹倒。

那個動作，是不費吹灰之力打倒黑色敵人的長劍劍士的動作。唯一的不同在於臉上的困惑及恐懼。跟殺死賞金獵人時眉頭都不皺一下的義肢女不同，姊姊在為殺人的自己感到動搖。

接著，她終於發現自己的身體發生了什麼變化。黑暗逐漸籠罩那變成駭人兵器的身軀……

黑鳥群附身在裝上義肢的姊姊身上。跪到地上的身體膨脹起來，化為黑色粒子四散。

打倒新出現的黑色敵人的，也是義肢女。機械兵跟少年也在。只不過，修復損壞的故事，不代表他們就能取回幸福的生活。姊姊的下場也不會改變……

她向還有呼吸的士兵逼問妹妹的情報，他笑著將事情的經過全盤托出。那是持續侵略他國的這個王國的可怕計畫。王國在進行人體改造實驗，以將抓到的人類改造成殺戮用機械兵……即所謂的「篩選」。

黑髮變成純白、失去了手腳裝上義肢，都是殘酷的改造實驗導致的嗎？妳是失敗作品……講完這句話，士兵就斷氣了。姊姊拔足狂奔。別去想。別去想。別去想。她喃喃自語。以驅散最壞的未來。

連自己的外表都改變了。沒有力量的弱小妹妹，不可能有辦法維持原樣——她肯定在心裡發現了。最壞的未來揮之不去。

即使如此，她應該還是會想見她吧。就算自己能做的事一件也不剩。

即使如此，她應該還是會掙扎吧。懷著想再見她一面、想讓時間倒流的心情，不斷掙扎。

＊

從稻草人中回來的少女，表情看起來不太一樣。就那麼一點點。

「擁有這把武器的女人的記憶……」

少女的表情又產生了些許動搖。在稻草人中看見的記憶，或許讓她有什麼想法。

「她是因為有那段黑暗的過去，才會失去四肢。」

然而，變化僅此而已。如同往池塘裡扔進一顆小石子，水面的漣漪會隨著時間經過而消失。儘管被什麼東西觸動了心弦，那也只是暫時的。只要少女尚未取回一切。

「總之，下一個就是這座『牢籠』最後的記憶了。再加把勁吧。」

黑色牆壁阻擋在道路前方，更前面也看得見黑色的牆壁。乍看之下沒有黑鳥，不過敵人似乎會用盡各種手段干擾她。

好煩喔——她急忙將差點脫口而出的抱怨吞回去。抱怨往往會令人消沉。麻煩的是，否定的話語比肯定的話語更愛「出鋒頭」，必須多加注意。

「看，砂礫跟星星一樣在發光。好美。」

話雖如此，肯定的話語也未必會被對方聽進去。少女頭也不回，爬上樓梯。

失去之物「悲憤之牢」

逃出昏暗牢獄的義肢少女，看見被火焰及鮮血染紅的城鎮。那裡是她從未見過的外國土地。

這個故事的色彩真是變化多端。從被翠綠樹木包圍的美麗景色，轉為戰火將昏暗的天空燒成焦黑的城鎮，接著是瀰漫白色霧氣的夢中、黑與灰色的牢獄……現在色彩又轉為紅色。被火焰吞沒的石造民宅，飛濺於各處的鮮血及肉片。討厭的紅色。

必須去尋找妹妹。

義肢少女忘我地奔跑著。

看見火焰及鮮血的顏色，就會知道再怎麼找都只是白費工夫。跟故鄉的城鎮一樣，這裡是經歷過虐殺及破壞的城鎮。妹妹還沒有能力獵殺比自己龐大的野獸。不可能在這邊倖存下來……若是姊姊知道的妹妹。

攜帶武器的士兵阻擋在姊姊前方，他大吼著「失敗作品逃走了嗎」，持劍砍向她。被黑鳥附身的士兵身體膨脹起來，變成黑色粒子。記憶的破損處是在這裡，被黑鳥附身的是敵軍，使我鬆了口氣。對象是這傢伙就沒關係。互相殘殺的對象。

義肢女戴上表情冰冷的面具，輕易擊倒大小各異的黑色敵人。她的動作與姊姊如出一轍，表情卻判若兩人。不再對殺人這個行為感到困惑，也不會急著去拯救妹妹。宛如機械兵，不，比機械兵更加面無表情。

然而，戰鬥結束後，站在那裡的人是姊姊。雖然頭髮變白，身體成了義肢，她的表情的確是誠心祈求妹妹平安無事、心地善良的姊姊。

義肢少女聽見像孩童叫聲的聲音，飛奔而出。

她毫不畏懼炙熱的火焰，也沒有拍掉將頭髮燒成焦黑的火星，埋頭衝向前方。衝向叫聲的來源，衝向瘋狂的笑聲。不曉得姊姊是否有發現，隨著距離接近，地上的屍體也愈來愈多？

在那裡的是經過「篩選」，失去原本樣貌的妹妹。

白髮被血染紅的妹妹，笑著用變成機械的雙手捏爛一坨肉塊……疑似人類的物體。半張的嘴巴發出疑似說話聲的聲音。想要殺得更多。

注意到姊姊的妹妹，發出怪聲襲擊而來。她認不出眼前這個人是誰。

就算身體被改造過，姊姊依然保有自我。然而，年幼又體力不足的妹妹，撐不過那殘酷的實驗。她失去記憶、失去理智，變成只靠著強烈的破壞衝動行動的殺人機械。

黑鳥群再度出現，附身到妹妹身上。故事即將變得更加扭曲，被改寫成姊妹相殘殺的悲慘故事。

必須將其修復。修復成故事本來應有的模樣。即使同樣是沒有救贖的結局。以前的景色切換，修復故事的戰鬥揭開序幕。敵人不是黑色敵人，是被改造的妹妹。跟機械兵的戰鬥也是如此。在最後的稻草人裡面，戰鬥的對象並非黑色敵人，而是機械兵自己。是啊，修復故事結局的過程，也會遇到這種事……

改造過後的妹妹固然強大，義肢女卻比她更強。她沒有遇到任何阻礙，結束了這場戰鬥，姊妹再度被火星及血腥味籠罩，站在那裡。

徹底變了個人的妹妹顫抖不已，彷彿在試圖想起什麼。

妹妹的嘴巴用跟剛才不同的形狀一開一合。斷斷續續的聲音確實是在呼喚姊姊。就在姊姊想衝到她身邊的時候，敵人——王國兵嚷嚷著「這裡有兩隻失敗作品」的聲音傳來。

王國兵高舉起劍。是一把長劍，長到劍尖能瞬間砍中妹妹的地步。劍刃在姊姊採取行動前砍中了妹妹。

妹妹看似愣在了原地。這次沒有趕上，姊姊沒能拯救妹妹。

心愛的妹妹在眼前遭到殺害的義肢少女失去理智。王國兵都被她砍成了看不出原形的肉塊，她還是阻止不了自己。

對她發動攻擊時顯得巨大無比的身體，現在一動也不動，看起來是多麼嬌小。跟緊抓著她哭喊「姊姊，我好怕」的時候一樣，是妹妹的身體。

姊姊珍惜地抱起妹妹，凝視她鮮血淋漓的臉龐。兩人的共通點，她們引以為傲的美麗黑髮，如今都褪成了白色。不過，姊姊為妹妹戴上的髮飾，仍舊閃耀著光芒。義肢少女獨留在無法倒回的時間中，為了妹妹發誓。要讓這把復仇之火持續燃燒，直到王國的血脈滅絕。

可是，復仇之火沒有顏色。姊姊臉上沒有任何情緒。憤怒、悲傷、憎恨都消失殆盡，無色透明的表情。那無疑是義肢女的表情。

＊

稻草人的黑色褪去，少女回來了。圍繞這把劍的記憶修復完畢。失去心愛妹妹的姊姊的故事，恢復成它該有的模樣。

「人要活著，需要目標及希望。」

就算故事迎來了結局，變成孤單一人的姊姊依然得繼續活下去。因為她的人生終點，還在遙遠的前方。

「對她來說，復仇就是活下去的希望……」

少了它就活不下去，真令人心痛。

「『希望』。期望著什麼，向前邁進的心。」

稻草人抱著的長劍失去輪廓，變成小小的碎片。散發光輝的碎片名為希望，它吸進了少女的手中。

「你還有必須取回的東西……」

少女取回的，還只有「意志」及「希望」。

「走吧，下一個碎片在等待著你。」

再熟悉不過的旋轉樓梯從上空降下。鐘聲響了四次。從天而降的聲音，為衝上階梯的少女送行。

碎片回收得很順利。目前還只收集到兩個就是了。不過，雖然碎片只有兩個，進入稻草人的次數已經有八次了。真了不起。裡面應該也有讓人不忍卒睹的故事，那孩子卻完全沒有偷懶。每個故事都修復得漂漂亮亮。

或許該多誇他一點。那孩子幾乎不會聽媽媽說話，所以媽媽的話不小心變少了。我會多注意的。

對了。給他獎勵如何？獎勵他這麼努力。我來找找看有沒有東西可以幫助他修復故事……希望他會喜歡。

那孩子真的好努力。之後我想請他幫忙做其他工作，他一定會做得很好。這樣還能幫上媽媽很大的忙，那孩子自己應該也會變強。嗯，找機會拜託他看看吧。

話說回來，「敵人」的魔爪伸到稻草人外面了。之前就會看到黑鳥，不過稍微嚇一下牠們就會逃掉。太大意了。還以為只要監視好黑色稻草人就不用擔心，沒想到敵人會阻擋我們的去路。又不能像鳥一樣直接趕走。

目前那孩子會幫忙處理，所以不成問題。但那些東西確實很礙事。在黑色柵欄對面又看見一道黑色柵欄時，他好像也有點不耐煩。

如果前方的路途會有更嚴重的妨礙，或許有必要採取應對措施。這個工作本來就已經很辛苦了，居然還得應付敵人的干擾行為。真的太不走運了。

如果那孩子願意對我敞開心胸一點，我工作起來也會更有幹勁的說。心態方面。不，不是他的錯。我明白。可是……

對不起。明明是報告，我卻一直在抱怨。該反省一下了。我會試著努力在下次提供更像樣的報告。咦？只是「試著」不行嗎？說得也是。我會努力的……這樣行了嗎？

第3章

沙子的味道變重了一些。跟土壤、泥巴有些許差異，跟岩石明顯不同的什麼東西，刺激著嗅覺。

「沙子……有這麼多。」

因為眼前是大量的流沙。在不知位於何處的上方，應該有那個吐出沙子的孔洞，而且還是相當大的四個洞。道路的右邊及左邊，各有兩道流沙瀑布。沙塵揚起，遙遠的下方傳來類似地震的聲音。一想到前方依然是沙之領域就覺得煩躁。

她心想「假如能有一點變化就好了」，望向旁邊的少女。少女臉上沒有不滿的情緒。看到少女直盯著前方不斷奔跑的模樣，她不禁為任性的自己感到羞愧。

太偉大了，媽媽也該向你學習——正當她想這麼說。

「那是？路的對面有東西呢。」

道路前方出現好幾個黑影。以人類來說輪廓太過矮胖。走近一看，看得出頭部有一部分是突出來的。鳥喙狀的突起物。

「是鳥的擺設品……嗎？」

從質感來看是用沙子做成的雕像，體積比少女大，設置在會擋住路的位置。

「啊！」

少女的肩膀稍微擦到的瞬間，擺設品碎成了粉末，留下一堆沙子，僅此而已。

這不是敵人設置的，所以不會攻擊少女。

「壞掉了。」

少女跨過沙山。她一臉神清氣爽的樣子，不曉得是不是錯覺。

「……沒人看見……吧，嗯。」

她講這句話是想暗示少女最好不要弄壞它，少女卻完全沒察覺到。沒辦法。

穿過滿是沙塵的道路後，又來到了室外。道路及樓梯前方，有棟格外巨大的建築物。

「儼然是一座城堡。」

或者說是要塞。黑色稻草人站在那裡，彷彿要守住入口。

「修復完那個稻草人的記憶後，進城叨擾一下吧。」

道路通往巨大的建築物中。想繼續前進，非得「進城叨擾」才行。

「啊……等一下。」

少女採取了出乎意料的行動。她直接從稻草人旁邊經過，想走進建築物中。或許是因為她講了「進城叨擾」這句多餘的話，害少女操之過急。以少女來說還真稀奇。

然而，建築物的大門深鎖著。不管少女走過去還是用手推，都文風不動。

「果然打不開。」

按照慣例，必須將黑色稻草人變成白色，門才會開啟。在「牢籠」之中，凡事都有嚴格的順序及麻煩的程序。

「我能理解你的心情，不過要先跟之前一樣，處理好稻草人才行。」

少女低著頭轉過身。

她心想，幸好稻草人沒有五官。有的話它肯定會露出邪惡的笑容。她不想讓少女看到那種東西。

「這把槍是……」

剛才的稻草人抱著長劍，眼前的稻草人則手持長槍。這把槍也是之前看過的武器。少女依然沒有反應，她會不會其實已經發現了？

「總之，開始修復吧。」

少女比表面看來更能掌握狀況。她有這種感覺。

被囚禁的人偶「冰冷的孤獨」

某座王城的地下倉庫。

倉庫是收納不會用到的東西的場所。將現在用不到，不過總有一天可能會用到的道具，以及只有在特殊情況下會使用的東西保管好，以防止劣化的場所……本來應該是這樣的。那個地下倉庫卻塞滿想必不會再用到的東西。雜物亂七八糟散落各處的模樣，簡直像……簡直像……沒錯，像一個垃圾場。

腦中突然閃過一個畫面。為什麼？明明跟這裡一點都不像。因為是在地下嗎？因為是被拋棄的生物潛伏的地方嗎？……不知道。記憶這種東西真麻煩。會擅自想起無關緊要的事。不僅如此，就只有不想回憶起來的事，會猝不及防地浮現腦海。

一名機械士兵睡在雜物堆裡。在這個房間中，他的時間停止流逝。直到那一天，與某位少年相遇為止。

我對機械士兵的外表有印象。守護死去的主人，被義肢女打倒的……那名機械兵。這副模樣比起沉睡，看起來更像死亡。不曉得是燃料耗盡，還是哪邊故障了。可是，機械兵還活著。

地下倉庫的門被人踹開。門外傳來「給我乖乖待在這」的聲音。傲慢又令人不快的聲音。機械兵動了一下。

一名嬌小的少年，被用跟踹門時同樣粗魯的動作扔進倉庫。是在荒野城鎮由機械兵陪著的生病王子。少年默默倒進倉庫，大概是連哀號的力氣都沒有，更遑論抵抗。

機械兵緩緩起身。他走向少年，不知道是具備救助人類的功能，還是忍不住想去調查可疑生物。看來這是他們相遇的故事。

少年癱倒在地上，似乎連站起來的力氣都沒有。他用細不可聞的聲音咕噥道：

「讓我休息……」

少年看似比出現在荒野城鎮時更加虛弱。從時間來判斷，這個故事的時間點更早，他應該會多少比那個時候健康一些才對。更重要的是，少年面無表情。硬要說的話只有疲勞。要是放著不管，八成會在不久後衰弱致死。

男子不忍心看他這樣，著手在雜物堆裡翻找，想幫他做個可以休息的地方。

機械兵拉出骯髒的木材、褪色的破布、生鏽的工具。全是感覺派不上用場的東西。儘管如此，機械兵仍未放棄，不斷搜索。

在他搜著雜物堆時，廢棄的兵器突然動了起來……

黑鳥附身在機械的殘骸上。長滿鐵鏽的廢鐵染成黑色，迸裂，將周圍抹成一片黑。

只不過，出現的黑色敵人跟之前有些許差異。表面凹凸不平，上面有白色的裂痕。六根腳前端是細長型的，不是人型也不是野獸型。腳的數量也好，四處爬行的移動方式也罷，怎麼看都是昆蟲。雖然體積大得超出了昆蟲的範圍。

三隻蟲子抬起尖銳的腳，襲向機械兵。本以為只能靠細長的腳部撐住巨大身體，動作應該會很慢，蟲子們卻十分敏捷。

然而，機械兵沒有一絲動搖。他試著開了幾槍，掌握敵人的要害及弱點後，冷靜地開槍。每當槍口噴出火焰，蟲子的動作就會變遲鈍，最後，巨大的身體狼狽地倒下、四散。

男人用收集來的雜物，做成一張不甚美觀的床。

雖然不好看，最好有張床比較好。倒在又冷又硬的地板上，少年會愈來愈衰弱。噢，原來如此。我明白出現在荒野城鎮的少年看起來比現在更有精神的理由了。因為有機械兵陪在身邊照顧他。

不，不只這樣吧——我心想。少年應該也有顧慮到機械兵的感受，假裝打起精神了。即使是小孩子，人類偶爾會像這樣勉強自己。少年帶著痛苦笑容表示自己沒事的表情浮現腦海。

少年在男子的攙扶下走向床鋪。他向男子道謝，凝視男子，問了幾個問題。你叫什麼名字？為什麼在這裡？男子告訴他的名字，是國家製造的戰爭用「機械兵」初號機的名字。

我就知道。正因為他一開始就是做為兵器製造出來的，才擁有如此優秀的運動性能及殺傷能力。他被製造出來的目的，就只有破壞及殺戮。

少年回以一抹淺笑。

「我是這個國家的第一王子……曾經是。」

男子回答，他在戰爭中沒能達成命令，被當成缺陷品拋棄了。少年回答自己是因為天生的宿疾惡化，被人放棄治療，帶來這邊拋棄。少年露出悲傷的微笑說道：

「我們很像呢。」

少年坐在應急用的床鋪上，上半身逐漸傾斜。應該是因為他光是挺直背脊就會感到疲憊。起初拘謹地靠著機械兵的少年，不知不覺將全身的重量都靠到了他身上。

少年大概是說話說累了，不久後便墜入夢鄉。男子僅僅是一直坐在原地，側目看著他放鬆的表情。

出現在荒野城鎮的男子，怎麼看都是護衛少年的士兵。保護著少年戰鬥，絕對不會捨身攻擊。萬一自己不在，就沒人可以保護少年。不過在這個時間點，機械兵才剛得到要守護的人。

身邊有其他人。與其他人同在。剛嘗過這個滋味的人，原來會露出這樣的表情，做出這樣的行為……

＊

機械兵手中的槍，落到少女手中。

「持槍的機械兵的故事……看來這是他遇見那名持杖少年時的故事。」

第一個稻草人，是機械兵和王子踏上旅途到死去的過程。下一個稻草人，是打倒機械兵的女子的過去。第三個稻草人，是機械兵和王子的過去。三個稻草人的故事，不斷往過去推進。

回顧明知道結局的故事有點辛酸。要親眼見證那三個人，走向絕對稱不上幸福的未來。

不過，這跟現在的少女無關。因為少女的目的在於其他。

「那我們去城裡看看吧。」

少女站到前面，這次城門發出聲響打開了。彷彿在說「等你很久了」，門後的景色卻並非如此。

「這個氣氛看起來不像在歡迎我們。」

首先映入眼簾的，是那個分不清是柵欄還是牆壁的黑色障礙物。少女依序將其破壞，前方排列著鳥型的雕像。這些雕像只要被少女碰到就會粉碎，不足以構成阻礙。只要直線前進即可。

「破壞障礙物前進……呵呵，這是年輕的特權呢。」

講出這句話後，她發現用「年輕」形容少女有點語病。而且鳥型雕像連「障礙物」都稱不上。雕像輕易崩解，甚至令人心生同情。

「趕快前進吧。」

然而，鳥型雕像前方再度出現黑色障礙物，彷彿在嘲笑這句話。

「如果那面黑色牆壁也能用身體撞壞就好了。」

既然是敵人設置的障礙物，就不可能那麼容易。少女只能進入一個個障礙物之中，排除敵人將其破壞。

除去障礙物，驅趕黑鳥，繼續前進。在綿延不絕的沙色景色中，重複這個過程。若不閒聊個幾句，實在很沉悶。

「話說回來……」

周圍的景色產生了一些變化。假如是因為怕她們覺得枯燥乏味，還真令人感激。

「來到了奇怪的房間呢。」

若「房間」的定義是以地板、牆壁、天花板構成的空間，這個房間或許是以違反那個定義為目的而設計的。房間裡面只有道路及階梯，徹底排除「地板」的部分。如果房間的一端到另一端是地板，只要直線前進即可，這裡的地板卻成了道路及樓梯……害人不得不繞遠路。

不僅如此，道路還在途中堵住了。

「果然是不受歡迎的客人嗎……」

妨礙她們的不是黑色牆壁，也不是鳥型雕像。是沙子的簾幕。大量的沙子像瀑布般往通道傾瀉而下。沙子似乎是從相當高的地方落下的，發出類似地鳴的聲音，砸在石頭路上。不只聲音，腳底甚至傳來細微的震動。

「這樣根本過不去。」

雖說只不過是沙子，以這個量及降落的速度來看，試圖硬闖的話，嬌小的少女八成會立刻被壓爛。

「有辦法讓沙子停止落下嗎？」

肯定有辦法。因為道路不會在這裡中斷。儘管會受到黑色敵人的妨礙，情況應該沒有嚴重到無法繼續前行……

少女彷彿想到了什麼，爬上旁邊的樓梯。她的步伐有著明確的目的。不過，樓梯前方也一樣被流沙簾幕擋住。顯然無法繞路走過去，少女為何要走向那裡？

這時，少女在樓梯口駐足。樓梯口的角落有一小根石柱。高度約在少女的胸口處，頂端亮著微光。

「什麼東西？哎呀？是開關呢。」

少女用手掌按下開關，整根石柱便亮了起來。擋在樓梯前方的流沙簾幕消失不見。看來用來停止沙子流出的機關發動了。

少女衝上樓梯，前往深處。道路盡頭有根形狀相同的石柱。

「這也是開關。」

光芒傳遍整根石柱，靜寂降臨。發出巨響流下的沙子完全停住了。

「原來如此，這樣一開始那條路就暢通了。」

雖說是走過一次的路，「牢籠」很大。不可能把這種機關通通記在腦海，所以她應該不是回憶起來，而是現在才想到。可見她有多拚命。前進，盡快前進。她重新體會到，少女滿腦子都是這個念頭。

「好，找到了。是黑色稻草人。」

少女筆直衝向黑色粒子升起的地方。

被囚禁的人偶「溫暖之歌」

或許是寒冷的天氣所致，少年的病情愈來愈嚴重。

地點在跟之前一樣的房間，寒冷的地下倉庫。少年坐在簡陋的床上。只不過，比起生病的少年，無所事事地站在旁邊的機械兵反而顯得更令人心痛，這是為什麼？

他環視房間，在雜物堆深處發現疑似藥瓶的東西。

機械兵衝向藥瓶。我明白了。令人心痛的是想為少年做些什麼，卻無法提供任何幫助，那束手無策的模樣。試圖在無用的雜物堆中找到希望的模樣。

他拿起瓶子查看標籤，裡面裝的是強力的毒氣兵器……

黑鳥從天而降，附身在無用的瓶子，斬斷機械兵的希望的瓶子上。竟然偏偏附在那上面。那些傢伙的做法總是一樣。企圖讓故事扭曲成登場人物會更加痛苦、更加悲傷的模樣。實際上或許並非如此，但就我看來是這樣。

男子繼續為少年找藥。倉庫的範圍，似乎延伸到散落於牆邊的雜物堆後面。

看來機械兵沒有將倉庫的大小掌握清楚。在少年來到這裡前，他只是一直坐在原地。他應該從來沒有想過要探索整個倉庫吧。

男子拿著架上的瓶子，回到少年在等待他的床邊。少年接過藥瓶一看，輕笑出聲。

「空瓶治不了病啦。」

男子一臉錯愕。

他不懂也很正常。機械不會生病。會故障，會狀況不佳，但跟人類的疾病不同。他只是碰巧輸入了「生病的人類需要藥瓶」這個情報。人類的治療方式，只有人類知道。大概。

「對了。」少年站起身，好像想到了什麼。他將蠟燭放入瓶子，把它改造成一盞燈。

昏暗的倉庫中亮起光芒。雖然是微弱的燭光，唯有那周遭看起來很暖和。

少年開始小聲歌唱……

「勇者憑藉自身的意志　拔出劍　即使籠罩世界的黑暗　阻擋在前方　仍然以救贖之光　引導被恐懼支配的人民。」

那是首勇者為人民向魔王宣戰的歌……

人類的治療方式，只有人類知道，不過人類的歌，不是人類也聽得懂。就算聽不懂歌詞的意思，也能明白歌曲中蘊含的情感……應該。

溫暖的燭光搖曳。男子陷入沉思。

「謝謝。」

不應存在於男子心中的話語脫口而出。少年愣了一下，接著，他臉上的驚訝轉為彷彿有一輩子分量的笑容。

不是人類的人，也能從人類的笑容中感覺到溫暖。

此時此刻，他們在寒冷刺骨的房間角落，共享同樣的體溫。

機械男子現在，想必被溫暖的心情所填滿。就算機械沒有心和體溫。

＊

狹窄、陡峭的樓梯，描繪著平緩的圓弧通往無盡的遠方。

「好危險的樓梯……」

樓梯沒有扶手也沒有圍欄。

「雖然這好像有驅趕入侵者的效果。」
可惜無法驅趕黑色敵人。而且對於變成鳥類出現的敵人而言，「危險的樓梯」毫無意義。既然如此，這是用來驅趕什麼東西的？
「『牢籠』果然謎團重重。」
不知不覺間，頭上的「天花板」消失了。少女來到了建築物外面。可是，樓梯仍未中斷。正當她仰望樓梯，想確認會通往哪裡之時。
「哎呀，那是……」
不遠處的前方有道黑影。形似昆蟲的翅膀、末端細長的腿部、長著長爪的手。
「是之前攻擊我們的怪物！」
她下意識叫出聲。怪物不曉得是不是因此被激怒了，右轉跑上樓梯。
「要追嗎？」
少女衝上樓梯代替回答。她似乎沒打算逃跑。再說，即使她逃跑，只要怪物有那個意思，一下就能抓住她。少女沒辦法跑得那麼快。
因此就算少女追在後面，理應也會被怪物逃掉。像之前那樣……她是這麼認為的，事實卻並非如此。怪物停下腳步，回過頭。

「那隻怪物……簡直像在呼喚我們？」

少女走過去，怪物再度跑向前方。比起呼喚，更像在玩鬼抓人。

他們像這樣維持著不遠不近的距離奔跑，最後來到一面牆壁前。不是死路。上面掛著細長的梯子。怪物當然沒有使用梯子，輕輕一躍就消失在牆壁上方。

少女抓著梯子努力向上爬。可是，他們終究是怪物與人類，移動速度截然不同。等她終於爬到牆上，怪物已經不見蹤跡。

牆上還有路可走。黑色稻草人佇立於前方。四處張望，卻看不見怪物的影子。

「現在先處理那個稻草人吧。」

少女似乎無法放棄，試圖從稻草人旁邊穿過去，繼續前進……可惜無法如願。

稻草人修復完畢前，門都不會開啟。

「我能理解你的心情，不過……你懂的吧？」

她對仰望門扉的少女輕聲說道。少女無精打采地走回稻草人前面。

被囚禁的人偶「兩顆心」

少年與機械兵坐在簡陋的床鋪上。外面傳來聲音。又要開戰了嗎？下次是哪個國家？少年聞言站了起來，一副坐立不安的模樣。

士兵的閒聊聲傳入耳中。王國似乎又對外宣戰了。

晚了一步站起來的機械兵走向少年。

少年凝視男子的雙眼，將自身的心情訴諸於言語，告訴他自己因為害怕父王的關係，對他言聽計從，不小心支持戰爭，為此感到後悔。他想阻止父王，從戰爭的魔爪下保護人民。少年眼中閃爍著堅定的意志。

機械兵眼裡也亮起同樣的光。理應沒有心，也沒有體溫的機械男子，看起來跟人類一樣擁有自我的意志。

機械兵叫少年退後，一拳擊向倉庫的門。不曉得他過去是什麼樣的兵器，既然有辦法一擊打穿堅固的門扉，肯定被賦予了不小的破壞力。

男子將門破壞後，少年也跟在後面。

逃出地下倉庫的少年及機械兵不斷奔跑。爬上綿延不絕的階梯，於路上狂奔的模樣……簡直像……

少年對機械兵低聲說道：「王座之間就在前面，動作快。」說得也是。這裡是少年熟悉的場所，不會迷路，也不需要人帶路。這令我有點……羨慕。

兩人前方出現士兵守衛。少年是這個國家的王子。沒有人不認識他。士兵守衛肯定一眼就看穿了少年和機械兵想做什麼。他拔出劍大叫：「不會讓你們繼續前進！」黑鳥降落在他身上，為了在這個時機扭曲、破壞故事。

休想得逞。他們的故事還會繼續下去。我完全不覺得在這邊結束或許比較輕鬆。機械兵與少年，以及不知何時被召喚出來的義肢女，接連打倒黑色敵人。

戰鬥結束，士兵守衛倒下了。機械兵帶頭奔跑，少年追在後面。快到了——少年喃喃說道。王座之間就在眼前。

機械兵讓開一條路，這次換成少年站在前頭。臉上看不見躊躇或不安。少年挺直背脊，踏進王座之間。

王國的君主瞪著兩人，背後是神聖的光芒。

那是少年害怕的父王。從義肢女身邊奪走妹妹的敵國國王。長相令人反感。為什麼卑鄙小人臉上的表情都一樣？明明五官各不相同。

少年與國王對峙，用威風凜凜的語氣試圖說服他。

「我以第一王子之名提議停戰！」

對抗國王的模樣，儼然是詩歌裡的勇者。

國王露出卑鄙的笑容，對機械兵下達命令。

殘酷的命令。國王命令他立刻殺掉沒用的王子，偏偏是對機械兵下達這個命令。

男子身體僵硬。他無法違抗身為支配者的國王……程式就是這樣設定的。男子顫抖著拿起槍。

很明顯，「殺了他」這個命令於機械兵腦中迴盪、穿梭。他不是人類，是機械。被製造出來的東西無法違抗製造者。這個規定束縛了機械兵。

被他用槍口指著的少年直盯著男子。男子無法抗命，放在扳機上的手指慢慢施力……

走投無路的男子切斷了自身的運動神經迴路。他放開扳機，跪在少年面前。為了保護少年，男子第一次憑自身的意志違背國王的命令。

告訴身為機械的他溫暖為何物的，是人類；對他下達冷酷命令的，也是人類。於是，他為了守護人類，違抗了人類。

國王發出野獸般的怒吼，在兩位叛徒面前站起身。

黑鳥群附身在國王身上。國王維持原本的模樣，成了扭曲故事的敵人。對王子和機械兵的憎惡表露無遺，朝他們發動攻擊的模樣，實在稱不上人類，同時也是人性的體現……

國王用怒吼召集了機械兵，命令他們將叛徒大卸八塊。

男子牽起少年的手，準備逃出王城。那是男子第一次擁有自身的「意志」。

*

「那孩子原來是因為這樣，才被趕出國家……」

聽見被趕出國家，她第一個想到的狀況是犯了罪，失去容身之處，那名少年卻並非如此。他想勸諫試圖擴大戰火的父王，結果招致反感，遭到疏遠。

他的父王應該也不是沒有任何考量就發動戰爭。有能力治理那麼大的國家，甚至擴張國土，絕對不會是無能的執政者。他也是用自己的方式，在為國家的未來著想。先不論正確與否。

「父王渴望支配，王子期盼和平。同樣在為國家的未來著想，為什麼會變成這樣呢……」

假如國王和王子願意理解對方，那把武器是否會記住其他故事？

就在她於內心喃喃自語「怎麼可能」的時候，道路前方出現不該存在的東西。

「這種地方……有人？」

一位老人疲憊地坐在路邊。她沒有印象，但她知道這個人不會出現在這裡。因為他是應該存在於稻草人中的人物。為何會坐在這種地方？

一看見黑衣少女，老人就高興地站起來。只不過他動作遲緩，與那雀躍的表情形成對比，大概是腿腳無力。

「大姊姊！」

以常識來說，沒道理叫遠比自己小的少女「姊姊」。

「那個，大姊姊……我在那之後一直待在這邊，可是不管我等再久……媽媽都沒來……」

老人絲毫沒有把少女的反應放在心上，滔滔不絕，或許是太希望有人聽自己說話了。看起來也像在跟闊別多年的兒時玩伴傾訴積在心裡的話。不過，這名少女不可能是老人的兒時玩伴，他應該只是把少女認成長得很像的其他人。

「我好想見媽媽……！所以，妳可以讓我像怪物先生一樣，進到那個黑色稻草人裡面嗎……」

少女沒有回答。無法回答。就算沒失去聲音，少女還是回答不出來。要她將不小心跑出稻草人的人物送回稻草人，未免太強人所難。因此，她只能代替少女說出無情的答案。

「不好意思……我們幫不上忙。」

表情從老人臉上脫落。老人當場坐到地上，是因為太沮喪，站不住了吧。

少女默默低頭看著老人。表情沒有變化，但她的內心說不定動搖了。從旁看來，儼然是個不願幫助可憐老人的無情人類。

「走吧。」

在她的催促下，少女總算開始奔跑，步伐卻有點慢，不知道是不是錯覺。

「剛才那個老人，是被彈出故事的存在。可憐歸可憐……我們無法幫助他。」

這樣聽很冷酷，但那個問題不是只要憑努力或多下點工夫就能處理的。少女無論如何都改變不了，所以她無須感到愧疚。而且，現在少女有不得不去做的事。她本想叫她考慮優先順序，最後決定作罷。這樣講聽起來搞不好會太冷漠。

忍。

她留意著不要被少女發現，回過頭，老人還坐在那裡。駝起來的背令人於心不

「不過那個老人好像認識你和怪物。」

他說的「怪物先生」，應該跟攻擊少女的那隻怪物是同樣的生物。

「講話的語氣也跟小孩子一樣……」

這僅僅是她的推測，那個老人在遇到怪物的時候，會不會還是小孩？因為某種原因被彈出稻草人，在稻草人「外面」徘徊的期間變老。沒遇見任何人，沒跟任何人說話，成為大人，成為老人。因此他才會擁有老人的外表，語氣卻還是小孩……

不過，他實際上在「牢籠」徘徊的時間，應該不足以讓小孩變老，而要比這短得多。因為很難想像該待在稻草人裡面的人，在「牢籠」裡經歷了那麼長的時間。可是，他的身體確實變老了。

「他怎麼了嗎？」

說不好奇是騙人的。雖然她在少女面前裝出不怎麼在乎的樣子，其實她滿想知道他發生了什麼事。然而，沒有時間調查。那是優先順序的問題。

優先順序最高的黑色稻草人，出現在視線範圍內。漫長的階梯前方，黑色粒

子正升向空中。那裡是這個領域的最高處。稻草人拿著槍，站在寬敞的圓形廣場中央。

「這就是那個機械兵最後的故事。去把他們的記憶看到最後吧。」

少女將手伸向黑色稻草人……

被囚禁的人偶「起始之夜」

逃離王城後，兩人抵達因為開戰宣言而陷入混亂的城下町。

周圍一片昏暗，大概是已經入夜了，城裡卻籠罩著奇妙的喧囂聲。每戶人家的窗戶都透出光線，行人絡繹不絕。像夜晚又不是夜晚，像白天又不是白天，少年與機械兵快步走在這樣的景色中。

少年沒有在奔跑，卻氣喘吁吁的。對於不久前還生活在地下倉庫的少年而言，光是走路肯定都會造成相當大的負擔。他卻說著「我沒事。走吧」，表現得很堅強。

路上的行人中，也有不少攜帶行囊的人。推測是厭惡戰火，想離開城鎮的人。

還有不知道該逃往何處，驚慌失措的人。只不過，就算有那麼多形形色色的人，少年和機械兵仍舊顯得格外異常。更重要的是，雖說被國王冷落，少年可是第一王子。鎮上大多數的人都看過他的臉。

有人喊道「那個小鬼是王族」。人們一同望向兩人。對國王的不滿及怒氣，轉移到身為王族的少年身上。想必絕對不會對擁有強大力量的國王說出的辱罵，換成弱小的少年就敢毫不顧忌地中傷他。人類真是喜歡欺凌弱者的生物……

有人叫道「抓住他們」。少年和機械兵拔腿就逃。一個人什麼都做不到的膽小鬼，人一多也會變得凶暴。

而且，敵人不只鎮上的人。接獲國王命令的士兵也在追捕兩人。王國兵逼近不小心跌倒的少年。黑鳥附身在拔出劍大吼「該死的叛徒！死在這裡吧！」的士兵身上。

少年和機械兵能脫離這個困境，是早已註定的未來。其他武器保存著他們平安無事的記憶。倘若他們在這裡喪命，不只這個故事的結局會崩壞，跟其他故事之間也會產生矛盾。無論如何都得除掉這個地方的敵人。

不，不會有問題的。這點程度的敵人，不足以對少年跟機械兵構成威脅。他們沒有那麼弱。只要再去藉助義肢女的力量，絕對不會輸……

兩人攜手共進，好不容易逃到國外。

黑色敵人消滅，故事通往正確的結局。他們沒有死在這個故事。王子逝世，機械兵結束他的任務，是在更久以後的其他故事中。

兩人看著再也回不去的故鄉，分別說出自身的決心。少年想以王族的身分走訪各國，為戰爭劃下句點。男子想繼續守護少年，直到停止運作的那一天……王國的傀儡線束縛住他們，而兩人誓言抗爭到底。他們懷著各自的決心，朝未來踏出一步。

然而，少年的願望並未實現。在那之後，王國仍未停止侵略他國，住在森林裡的兩姊妹平靜的生活遭到破壞。那就是未來。少年肯定在嚥下最後一口氣的那一刻，都在責備無法阻止戰火蔓延的自己。

機械兵或許也會感到懊悔。因為他只能在一旁看著少年日漸衰弱。

故事裡面沒有連兩人的內心都描寫出來。可是，哪裡都沒有記載兩人是幸福的。

＊

黑色粒子從稻草人身上消失，彷彿被正好吹來的強風驅散。

「少年是為了和平，機械兵是為了少年……他們倆的記憶，就這樣連接起來了。」

回來的少女默默看著稻草人。見證了最初的故事的結局，少女不知道作何感想。

「這就是第三個碎片。」

繼意志、希望之後的碎片，是祈禱。與本來沒有心的機械兵無緣的東西。不過，那個機械兵產生自我意志，學會自己思考後再行動。為了保護少年，他想必祈禱過無數次，祈禱少年的平安、少年的幸福。

「在眾多情感當中，這或許是最有人性的。將理想描繪在模糊不清的未來上的心。」

閃亮的碎片被少女吸進體內。少女取回了「祈禱」。

「如何？有感覺到什麼變化嗎？」

少女的回答未必是真相。就算什麼感覺都沒有，也可能顧慮到同行者的心情而肯定，反過來說，也可能因為不想察覺自身的變化而否定。

重點在於給少女思考的契機。這趟旅程結束時，少女將面臨重大的抉擇。為此，她必須不斷思考。思考，思考，再思考，自己找到答案。

媽媽的任務就是幫忙這孩子……

守望，詢問，繼續守望。雖然單純，重複這個過程卻很重要。修復完畢的故事有三個。剩下的故事也是三個。這裡正好是這趟旅程的折返點。接下來的路，也只要做同樣的事即可。不要著急，慎重並穩紮穩打。

旋轉樓梯從上空降下。鐘聲也響了三聲。在鐘聲停止前，少女邁向下一個領域。

修復工作進行得很順利。不過，這叫好事多磨……嗎？來到這裡後，一直發生出乎意料的事。

對。就是那個鳥的擺設品。我從來沒聽說過有放那種東西。而且還那麼多！那孩子會把它弄壞，也是無可奈何。因為它們跟那個黑色牆壁一樣，會擋住去路。自然只能破壞掉繼續前進囉。

我當然知道最好不要弄壞。不過，很難判斷該怎麼跟那孩子說明理由比較好。跟他講了，他也未必能理解。畢竟在那孩子眼中，黑色牆壁跟鳥型擺設品都是障礙物。我沒有跟道路被黑色牆壁阻擋的時候一樣，叫他破壞掉……可是光這麼做，他好像無法察覺兩者之間的差異。

而且，鳥型擺設品不是光碰到就會壞掉嗎？那孩子可能有點樂在其中。旅程總該有一些樂趣嘛？……不對，他絕對不會這樣想。他只會朝著目的地不斷狂奔，對自己的樂趣漠不關心。

總之，請對他破壞那東西一事睜一隻眼閉一隻眼。目前又沒有造成麻煩。以後有什麼問題再好好處理。這樣行嗎？

只不過，那個老人的問題就沒那麼簡單了。遠比鳥型擺設品更加嚴重。

啊，我說的老人是應該要在稻草人裡面的人物。他不知為何跑到外面了。看到他坐在「牢籠」的道路上時，我真的大吃一驚。因為，這種事本來是不可能發生的。

而且他的外表雖然是老人，內心依舊是個孩子。大概是因為他在稻草人裡面的時候是小孩，在外面徘徊時失去了原本的姿態。真可憐。

但他被彈出稻草人，是因為故事遭到破壞吧？如今那孩子已經將故事修復完畢，他是不是也恢復原狀了呢？忘記自己變老，也忘記自己與母親走散……但願如此。

總之，敵人的侵略比想像中更嚴重。不只稻草人內部，對「牢籠」本身也帶來負面的影響……都是因為太晚處理內奸的關係。雖然事到如今講這個有點太遲了。一想到要是更早採取應對措施，說不定會有其他辦法，就好討厭自己……

「別嘆氣了。就算知道有叛徒，要把他抓住也不簡單……不對，是不可能。那叫不可抗力。光是發現有內奸就賺到了。這樣想比較好。」

咦？啊？這、這個嘛，是沒錯。那個……

「好了，打起精神。路還很長呢。」

說得對。嗯，知道了。我走了。謝謝。

第4章

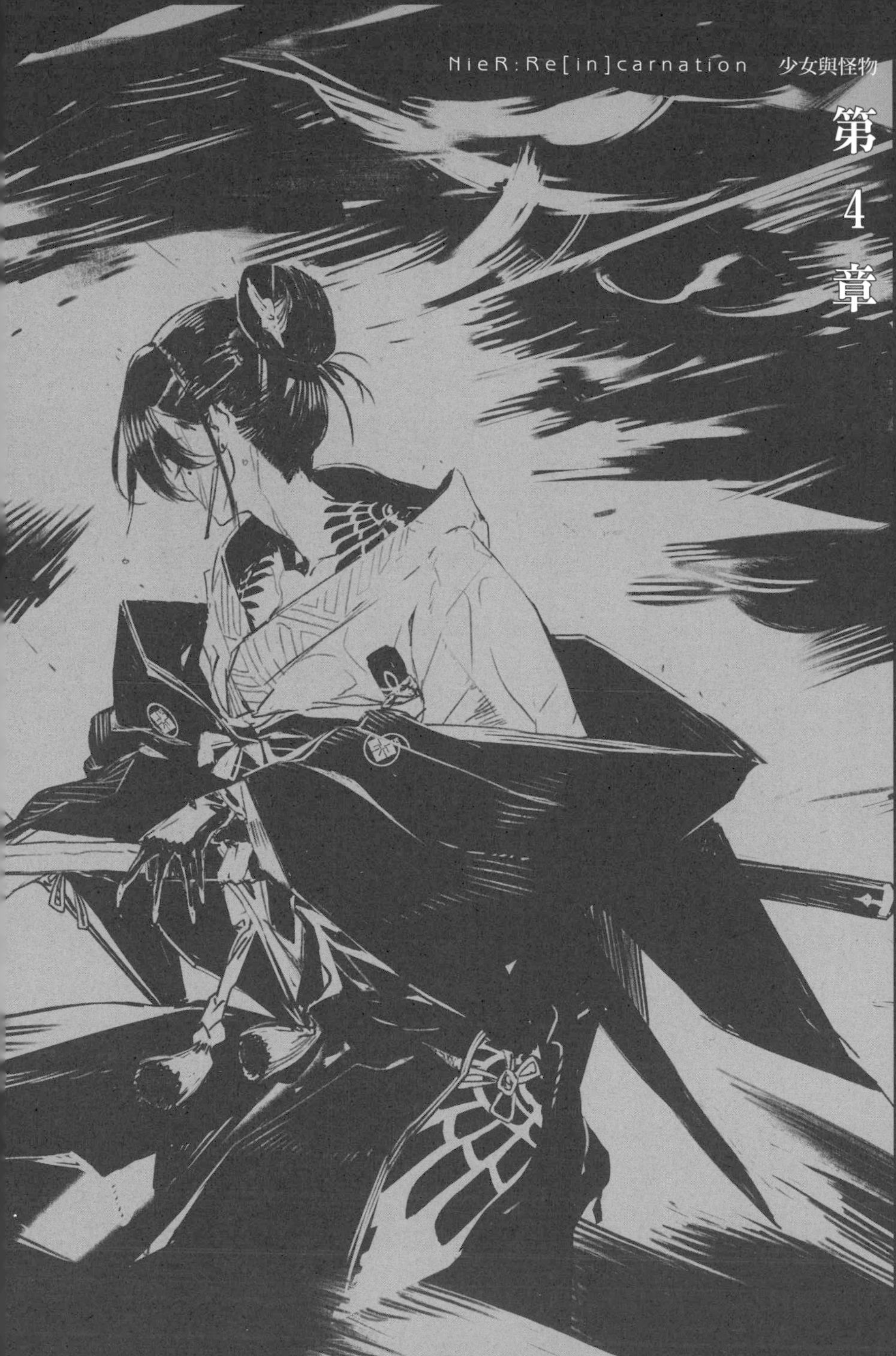

清爽一詞，在旋轉樓梯前方的區域等待她們。她深深體會到自己有多麼討厭那些沙。

「『牢籠』的氣氛變了。」

在上一個領域瀰漫沙塵的天空，到了這個地方則是通透的天藍色。微風沁涼宜人，石造的走道及樓梯彷彿也帶著一抹藍色。從遙遠下方傳來的風聲沒有變化，其中卻參雜悅耳的水聲。

「好美的地方！」

沿著建築物的外牆流下的，不是沙子而是水。是真正的瀑布，而非看似瀑布的流沙。大小各異的瀑布，有如裝飾建築物的白色緞帶。除此之外，積在道路各處的水映照出天空的顏色。藍白色的風景，光看就帶來一股涼意。

「之前一直待在沙塵漫漫的地方，現在總覺得空氣非常清新。」

沙子被清洗得一粒不剩，眼前的一切看起來是那麼乾淨。天空廣闊無垠，彷彿只要瞭望四周，再遠的地方都看得見。沒錯，包含本來看不見的東西、本來不可能看見的東西在內。

「看，空氣很清澈，所以還有魚在空中游泳……」

巨大的魚。外型酷似人稱活化石的魚類，不過體積太大了，再說，沒有魚會在空中游泳。她在內心反省，我還真不擅長耍笨。而且，她再怎麼會耍笨，現在的少女都不可能吐槽。

「……不，未免太奇怪了吧。」

她試著自己吐槽，果然不好笑。尷尬的沉默降臨。只聽得見水花在少女腳邊濺起的聲音。

幸好走沒幾步路就看見黑色稻草人了。這樣就能不用想話題。

「看來這就是這座『牢籠』的記憶。」

衣服的部分，形狀跟沙之領域的稻草人不太一樣。手中的武器也很特別。是把有彎度，劍身偏細的長劍。

「這把武器是……嗯，是日本刀呢。」

大陸附近的島國的傳統武器。人們將其視為武士的靈魂，做為戰鬥道具，卻被保存得很好。

「意思是，下一個是武士的故事囉？趕快來看看吧。」

少女將手伸向稻草人，開始水之領域的修復工作。

鐵鏽「終末綻放」

一名奇妙的男子，坐在奇妙的房間中。折成好幾層的板子立在房間裡面，有兩盞圓燈，一盞方形的小燈。絕對稱不上亮。白天的話，這點光是還足夠，不過太陽下山後會不會太暗了？

男子把頭髮的一部分固定成奇怪的形狀，放在頭上。身上的衣服形狀也很奇怪。有別於荒野城鎮的居民，也不像住在森林裡的姊妹和王國士兵。跟之前在稻草人裡面看過的任何人，都沒有半分相似之處。不僅如此，坐姿也很特別。那就是所謂的「武士」嗎？

男子在與人交談。那棟房子裡除了他這位大名，不見其他人影。

不對。他不是「武士」，是「大名」的樣子。可惜我並不知道兩者之間的差異。

大名對著看不見的對象說：「上次的任務辛苦妳了。」他似乎有點猶豫，瞇起眼睛咕噥道：

「接下來也拜託妳了。」

有種不舒服的感覺。男人的表情、聲音，一切都令人不快。理由不得而知。

在隔著一道牆的影子中，一名女子正在傾聽男子說的話。

女子同樣穿著奇特的服裝。跟剛剛那男人不同，但她的頭髮也固定成奇怪的形狀。

女子將肖像畫收進懷裡，靜靜起身，用冷淡的聲音回了短短一句：「瞭解。」

女子所在的房間更加昏暗。沒有圓燈也沒有方形小燈，只有牆邊點燃了一小根蠟燭。這麼點光理應連腳邊都看不清，女子卻果斷地邁步而出。她好像很習慣在暗處行走。

女子小跑步起來。不曉得是在趕時間，還是不想在這裡久待……

城下町洋溢著人們的活力，與雲層厚重的天空形成對比。

不知不覺間，來到屋外了。天色很暗，現在卻不是晚上。城裡整整齊齊排列著形狀陌生的建築物。看到「大名」和女子時，我覺得這兩個人的服裝十分奇特，結果路上的行人也穿著類似的衣服。說不定這個叫城下町的地方的居民，反而會覺得荒野城鎮和森之國度的服裝更奇怪。

女子的視線落在路上的親子身上。是因為孩童的笑容太過燦爛，還是因為自己太習慣黑暗了？女子驅散躁動的心情，走向市外。

她繼續快步行走。或許是不太喜歡這座城市。不對，看到她垂著視線走路的模樣，我發現了。不是喜好的問題。是羨慕。她想變得跟城下町的居民一樣，想變得跟笑容滿面的孩童一樣。接連目睹自己想成為的存在，導致女子待不下去……雖然這僅僅是我的推測。

人類的氣息中斷，大概是來到郊外了。漆成紅色的橋映入眼簾。有個人站在正中央。是男人。他戴著形狀奇特的帽子，因此看不見臉。

女子的視野中閃過一道銀光。看見現身於面前的隨機殺人魔，女子微微一笑。因為她知道，那裡是她的歸處。

黑鳥從天而降，為了附身到「隨機殺人魔」身上。戴著奇怪帽子的男人，變成黑色敵人的模樣。令人驚訝的是，連黑色敵人都穿著奇怪的衣服。看來這個稻草人裡面有這樣的規矩。

女子拔劍砍向黑色敵人。同樣以長劍為武器，她的動作卻跟義肢女有些許差異。身段同樣輕盈、快速就是了。

劍刃一閃，於空中舞動。劍刃動得很快，無法確定是武器的形狀所致，還是女子的技術使然。女子握著武器的手，看起來幾乎沒有用力。彷彿武器在自動揮舞，女子的手僅僅是附屬品。

回過神時，黑色敵人已然消滅。在女子面前的，是那個隨機殺人魔。女子尚未拔出武器。故事回溯到了那個時間點。

女子看似動了一下。

剎那間，女子移動到男人背後。握著出鞘的武器。仔細一看，劍刃已染上血紅。男子倒向前方。

過於精湛的劍技，導致隨機殺人魔連發生什麼事都不知道，就一命嗚呼。

女子若無其事地收刀入鞘，再度邁步而出。是跟剛才不一樣的緩慢步伐。那個「大名」下達的命令，就是殺掉隨機殺人魔吧。完成任務的女子，已經不需要加快腳步。

她腳下的染血道路，與幸福親子所走的路相去甚遠。
自己曾經像那名孩童一樣笑過嗎？我也有可能過著跟他們一樣的生活嗎？
在沉重的空氣中，她想像著自己無法獲得的人生。
看似幸福的親子未必真的幸福。成為想當的人，未必就能得到幸福……
然而，這是故事的登場人物不需要知道的事。

＊

「這次……好像是所謂的『殺手』姊姊的故事。」
雖然很可怕，這是武器的記憶。持有者是殺手，記錄著殺人的記憶並不奇怪，反而很正常。
但她也不是完全沒有疑惑。
「她為什麼會那麼強呢？」
強大得驚人。有能力當隨機殺人魔的男人，不可能弱到哪去。他應該也有一定的實力，她卻一刀殺了男子。實力差距懸殊。原因或許會在之後的記憶逐漸揭曉。

另一方面，繼續前進依然完全摸不透的，是黑色敵人進行妨礙的規律。水之領域同樣設置了黑色牆壁。不知道他們是太守規矩，抑或只是做事不得要領，還是沒有任何意圖……

「真搞不懂黑色敵人在想什麼。他們是想妨礙我們前進，還是有其他目的？」

若目的是阻擋去路，可以說成功了三成。因為每次遇到黑色牆壁，少女都被迫停下腳步，白費工夫及時間。但障礙物通通被少女撤除了，從結論來看，敵人並未達成目的。

問題在於，出現少女無法撤除的障礙物的時候。

「橋斷了……」

漫長的橋梁從正中央斷成兩半，正是少女束手無策的阻礙。

「稻草人在對面，可是這樣過不去呢。有沒有辦法能移動到橋對面？」

她試著觀察周圍。跟之前的場所比起來，安靜到不自然的地步。因為附近完全聽不見水聲。在水之領域，無時無刻都有水流下來的聲音在迴盪。跟沙之領域的沙塵一樣，水花濺起的聲音及流水聲，理應會常伴身邊。現在卻聽不見。意思是——

「等我一下。」

她飄向上空，再度環視四周。挑高的天花板附近，有四扇疑似出水口的四角形窗戶並排在一起。但是，沒有水流出來。這就是原因。她嘆了口氣。

「誰把水位降低的？」

她低聲說道，以免少女聽見。有夠麻煩。

「得拉下拉桿才行。那很重耶。」

與這座「牢籠」相關的情報，她掌握了一部分。其中也有必須對少女隱瞞的情報，她不想干擾少女的思考及判斷，所以一直假裝什麼都不知道。

她按下裝在牆上的拉桿。沉重的手感過後，傳來低沉的聲響。過沒多久，水聲響起。其中一扇四角形窗戶噴出了水。

「拉桿總共應該有四根，還剩三根。」

她沿著牆壁飛行，拉下下一根拉桿。空氣帶有寒意，或許是水花所致。她接著拉下旁邊的拉桿，飛到更旁邊。很麻煩，又是她不擅長的粗活，但這也是「媽媽的任務」。好不容易順利回收到這裡，她不想讓少女停在這種地方。

「希望那兩個孩子能獲得幸福……」

好好完成這次的工作，那兩個孩子也能得到幸福。她在心中祈禱會是最好的結果時，四道瀑布復活了。大量的水灌進室內，水位迅速上升。

「好，橋浮上來了。」

少女默默看著水面。

「怎麼樣？是不是過得去了？」

上升的水位將斷橋推向上方。以常識來說，石頭做的橋不可能浮在水面上，但這裡是在「牢籠」內部。在「牢籠」裡面，魚會在空中游泳，石頭會浮在水上。一般的物理定律在這裡是不適用的。

「費了我好大一番工夫。」

少女在泡水的橋上奔跑。只要橋過得去，離稻草人的距離並不遠。

「打起精神，著手修復吧。」

鐵鏽「頃刻之花」

這個房間是第一次看到，卻有種在哪看過的感覺。

牆上各處都靠著武器。前端尖銳的長武器。不過，也有橫著擺的武器。記得那種武器叫日本刀……特色在於彎曲的刀刃，在前一個稻草人看到的人類，就是使用這種武器。

少女睡在這個放滿武器的房間。覺得好像看過這個地方的原因就在於此。睡在絕對稱不上舒適的地方的小孩。王宮的地下倉庫。儘管性別不同，那不自然的生活確實是共通的。

睜開眼睛的少女一臉憔悴地走向庭院。孩童時期的她，過著日夜都在鍛鍊的每一天。疲勞害骨頭吱嘎作響，肉痛得跟裂開一樣。即使如此，她還是驅使疼痛的雙腿，於走廊上前進。

這條走廊很長。少女都加快腳步了，還是看不見盡頭。這棟房子挺大的。少女臉上看不出會讓人「骨頭吱嘎作響」的疲憊。少女面無表情。

抵達庭院後，少女面臨的是叫她快點過去的怒罵。少女用壓抑住情緒的聲音回答：「馬上來。」

不只屋內，庭院也頗為寬敞。少女小跑步移動，離對她怒吼的人仍然有段距離。少女臉上疑似瞬間閃過情緒，但在她奔跑的過程中就消失了。

對她怒吼的人旁邊站著兩位男性。三人都拿著那種叫日本刀的武器。

太慢了。低沉的聲音刺進少女耳中。男子打斷想要道歉的少女說話，開始斥責她。道具在需要用到的時候不在手邊，就沒意義了。妳未來將成為主公的道具，無論何時都要隨傳隨到。

又是熟悉的景象。把其他人當成道具的人類，看起來全是一個樣子。而這種人類並不少。其他稻草人裡面也出現過。認定機械兵和王子是廢物的國王、管理囚犯的——呃，叫什麼來著？……忘記了。不如說，在稻草人裡面看到的不怎麼愉快的故事中，令人十分不悅的登場人物的名字，我一開始就沒打算記住。

於是，那一天，同樣有賭上性命的鍛鍊在等待著她。

三名男子拔出刀，將刀鋒對著少女。看來這場「鍛鍊」使用的武器跟實戰相同。不過，少女必須隻身與三人交戰。光看數量就落於下風了，體格及腕力也比不過對手。更重要的是，她缺乏經驗。彼此拿在手中的，卻是殺傷力強大的武器。

明明事不關己，我卻為此感到難受。就在這時，黑鳥附身在三名男子身上。三人的外觀產生變化。對少女怒吼的男子，變成擁有長臂的人型敵人，旁邊的男人則變成野獸樣貌的敵人。

與他們對峙的並非少女，而是瞬間擊敗隨機殺人魔的女子。我現在才發現，女子的長相酷似少女。少女長大後的模樣，恐怕就是這名女子。

對於能讓對方在無意識間死在刀下的女子來說，黑色敵人根本不足以構成威脅。她從小就在訓練同時與三人為敵。

黑色敵人灰飛煙滅後，少女拚命與三名男子交鋒。即使扭曲的故事得到修正，少女的處境仍未改變……

自古侍奉某大名的家族，為主君斬殺敵人的一族。那就是她出生的家族。要奪去他人性命的人生，出生前就註定好了。她無權選擇。

乍看之下是在拿鍛鍊當藉口虐待她，不過考慮到被複數敵人包圍的狀況，這種訓練或許也是必要的。然而……難受的感覺依然揮之不去。

「鍛鍊」持續到少女因為太過疲勞而動彈不得為止。三名男子俯視著跪到地上、氣喘吁吁的少女，收回刀子。

周圍的景色驟然一變。昏暗的樹林，取代了廣大的宅邸及庭院。快步走在其中的並非少女，而是那名女子。剛才的畫面好像是女子的記憶。

憎恨出身也沒意義。只不過，想到那些再也無法觸及的事物，她不禁覺得自己十分可悲。

女子面無表情，跟她的獨白形成反差。她的眉毛動都沒動一下，在森林裡飛奔。這時，眼前突然變亮了。她離開了樹林。

女子驅散雜念，繼續向前。天空在不知不覺間下起雨來，巨大的城堡散發詭異的氣息。

這棟建築物跟機械兵和王子逃出的王宮大相逕庭，共通點只有巨大的城門和門前的守衛。

城門前站著一名守衛。女子無聲地接近他，準備拔刀。

她跟殺死隨機殺人魔的時候一樣，刀刃瞬間閃過。守衛死前肯定也沒發現自己被砍中了。

女子靜靜收刀入鞘，踏進城內。

她想起女子之前回答的那句「瞭解」。八成是那位大名命令女子去殺人的。而她的目標，就在這座城中……

＊

「出生前人生就被決定好了……那就是那名女性強大的理由，真可悲。」

人無法選擇出生的地方。若能生在不同的家庭，若能在別人的扶養下長大，人們之所以經常說出類似的假設，應該是因為對自己出生的家庭或家人有什麼不滿吧。如果只是些許的不滿，倒還不成問題，但過於強烈的不滿往往會招致悲劇。常有的事。

「你應該也對自己出生的地方……」

話講到一半，她決定不說了。不該講這些。用不著特地說出口，少女應該也明白。其他人一而再再而三地指出本人心知肚明的事，可能會招人反感，而不只是多管閒事。她在心中道歉。

「沒事，好了，繼續前進吧。」

碰到黑色牆壁就將其撤除，看到黑鳥就趕走牠們。領域雖然從沙變成了水，要做的事還是一樣。

少女推開稻草人背後的門，於路上前進，再度來到戶外。水之領域的天空一碧如洗。可是，好像有一點雲。不是故事書裡會出現的那種灰色雨雲，是純白如絨毛的雲朵。

藍天下的道路儼然是飄著棉花，於海中前進的道路。沙之領域走到一半就令人生厭，不過換成這裡，總覺得多長的路都走得下去。天空的顏色和帶著溼氣的涼風是如此宜人。

少女爬上樓梯，水花於腳邊濺起。就在這時。

「哎呀？」

她聽見不同於水聲的聲音。少女卻毫不介意，持續奔跑。

「好像聽見了什麼聲音？」

樓梯上是另一棟建築物的入口，聲音似乎是從門後傳來的。有高低起伏，聽起來含糊不清，無法分辨是什麼聲音。

少女站到前面，那扇門便裝模作樣地緩緩開啟。門後有座旋轉樓梯，不是連接兩個領域，形似獸骨的旋轉樓梯，也不是石造樓梯。看起來是比這座「牢籠」的建築風格更新的時代的建材……不過在這裡查明年代，一點意義都沒有。

「那是……」

令人驚訝的是，那隻怪物就在旋轉樓梯中間。怪物往下走了幾層樓梯，停下腳步，後退了幾層，然後又往下爬，如此反覆。

「到底——」

在做什麼？話講到一半，怪物跟她對上目光。不對，只是有那種感覺而已，實際上，他搞不好只有看著少女一人。不管怎樣，怪物的行為跟之前並無二異。

「又逃掉了。」

怪物衝上階梯，高低起伏的聲音響徹四方。少女急忙追在後面，少女腳下也發出聲音。

「原來如此，踩到樓梯上就會發出音樂聲。」

是與水之領域氛圍相近的清澈音色。只要按照固定的順序和頻率踩在樓梯上，搞不好可以演奏出一小段樂曲。

「那隻怪物剛才就是在玩這個嗎？」

往後爬上樓梯時，怪物微微張開雙臂，彷彿在打拍子。更進一步地說，手臂的動作看起來像在跳舞。可是，怪物的「模樣」和「玩樂」這個行為，是會並存的嗎？

旋轉樓梯漫長到有足夠的時間給她思考這個問題。有點眼花撩亂，或許是因為樓梯塗成濃淡交錯的顏色。如果能跟少女一樣，只盯著前方就好了，但她總會忍不住往下看。都是腳底傳來的音色害的。

聲音戛然而止。少女垂著肩膀杵在原地。怪物不見蹤跡，取而代之的是站在面前的黑色稻草人。

鐵鏽「陰翳盡掃」

女子獨自於城內前行，尋找目標。

由筆直的木板拼接而成的走道，漫長得看不見盡頭。將木板排成格子狀組合而成的門窗、方形的柱子。窗戶全都打開了，卻莫名有股閉塞感，可能是因為一切都是用直線構成的。

收拾敵方大名的繼承人，那就是她這次的任務。敵軍是重視血緣的組織。繼承人一死，肯定會陷入混亂。她的工作是讓敵軍混亂，創造友軍進攻的機會。

殺人的人類不稀奇。在義肢女的故鄉，居民們就是被王國兵殺死，王子也因為懸賞金的關係被人盯上性命。所以，她並不驚訝，只是覺得「又來了」。

不時會有疑似守衛的男人擋在女子面前。可是，沒有半個人阻止得了她。女子用比呼吸更細微的動作拔刀，在比眨眼更短暫的時間內奪走對手的性命。城裡面積遼闊，道路漫長，女子卻像在標記路標般，留下一具具屍體，往深處前進。

穿過走廊，女子抵達一個房間。雨勢在不知不覺間變得更大了。從來沒有覺得水聲這麼吵過。雨珠砸在地面的積水上時發出的聲音、雨落在屋頂上的聲音，全部沒有要停止的跡象。區區的水，竟會發出如此吵雜的聲音。

一名孩童獨自坐在寬敞的房間內，顯得十分突兀。長相與肖像畫中的人物極其相似。女子默默拔刀，指向年幼的目標。孩童卻只是盯著那把刀，沒有要逃跑的跡象。看見孩童消瘦的面容，女子發現一件事。那孩子是穿上男裝的女孩。

女子微微睜大眼睛，似乎嚇了一跳。意即「繼承人」本來是男性，不能是女性。

女子詢問少女原因。少女開始吐露對家庭的怨言。這樣的家庭、這個國家，最好通通滅亡。

她想起「敵軍是重視血緣的組織」這句話。繼承人身亡這點小事就足以讓他們陷入混亂，要是打從一開始就沒有繼承人，組織可能會整個瓦解。於是他們便把女孩當成男孩撫養……

話說回來，這小孩真安靜。小孩這種生物，應該更吵更聒譟才對。表情變化多端，眼珠子轉個不停，什麼東西都想看。從這位「繼承人」身上卻幾乎感覺不到生氣。帶著人偶般的表情，靜靜坐在那裡。

「我是小孩子喔？」這句話浮現腦海。以及好奇不已的表情和歪頭的動作……

在腦中重播的對話中斷了。黑鳥從天而降。一團黑色淹沒了乖乖坐在原地的孩子。

拿槍對著男子的賞金獵人、命令機械兵殺死王子的國王，看到這些人被黑鳥附身，我也沒什麼感覺。不過，目擊不像小孩的小孩變成黑色敵人的瞬間，有種難以言喻的心情。胸口像揪起來似的隱隱作痛。我會有這種感受，全是黑色敵人害的。

不，不對。那揪心的疼痛，是後悔和罪惡感。不是敵人害的。原因在我自己身上……

打倒敵人，戰鬥結束後，愧疚感仍未消散。

少女說道。我是父親的人偶。只是個道具，為了方便父親而出生，為了方便父親而活著。欺騙自己的心，連性別都偽裝起來，人生僅僅是為了履行被賦予的職責。淪為家人的道具的我，是為了被殺而生，所以請妳殺了我吧。

只是道具。家人的道具。這裡也有一個活著只是供他人使用的人。

少女望向女子。女子心想，這女孩是過去的我。出生前就被決定好人生道路的人。

女子手中的刀刃抖動了一瞬間。刀鋒微微朝向下方。我們很像呢，曾經有位少年笑著說過。人類會被與自己相似的存在觸動心弦。儘管不是一模一樣的話語，女子腦中想必也浮現了這句話。

可是，王子說出這句話的對象是坐在身旁的機械兵，之後依然與他同在的人。坐在女子面前的是敵方的小孩，不被允許待在一起的人。就算她觸動了她的心又能如何？

女子低下頭，猶豫不決。雨聲愈來愈大，彷彿要將骯髒的地面整片淹沒，卻沒來由地令人覺得安靜。

＊

從稻草人回來的少女，看起來有點心神不寧。或許是看見故事中出現的人物，因而感到困惑。因為……兩人是年齡相仿的小孩。

「下一個應該就是這座『牢籠』最後的記憶。」

她努力用開朗的語氣說話，鼓勵她……這樣講或許有語病，但她希望少女的腳步能多少變得輕盈一些。因為少女八成也預料到了，這個故事絕對不是好結局。

然而，她們沒有時間想這些多餘的事。修復完第三個記憶，稻草人背後的門一打開，又有一道黑色牆壁擋在面前。黑色牆壁後方又有另一面牆。

「確實是敵人會做的事。」

她不禁想要嘆氣，急忙補上一句：

「可以想像他們想做什麼，但我不太能理解這麼做的理由。」

比起不明白理由，更接近不適用她心中的理論。

「除了黑色敵人，那隻怪物又想做什麼呢……」

觀念及語言都不通，因此她完全無法想像。以為怪物要發動攻擊，他卻轉身就逃；在樓梯上做出看似在玩樂的行為，結果又逃跑了……幸好目前他似乎沒有要危害她們的意思。

「對不起，說了不該說的話。現在只要想著修復故事就好。哎呀？陽光變強了。」

來到了前所未有的明亮場所。陽光灑在石造的道路上。或許是因為這樣吧，地上的水坑一個也不剩，路面及樓梯都乾了。話雖如此，也不至於像沙之領域那樣乾燥。

「還殘留著溼氣，乾得剛剛好……呃，又不是在洗衣服。」

只要忽略擋路的黑色牆壁，這裡是個舒適的地方。本來還覺得跟全是沙子的場所比起來，積水根本算不了什麼，不過對少女而言，果然還是乾燥的道路比較好走。她腳步輕盈，前進得更順利了。

過沒多久，巨大的建築物映入眼簾。在室外的通道或樓梯走了一段時間後，必定會看見巨大建築物。

「最後一個稻草人，感覺就在這棟建築物中。」

然而，大門依然緊閉。

「會不會跟之前一樣，附近有拉桿？」

找到了。位於少女碰不到的高度，但不成問題。

「包在我身上。馬上把門打開。」

工作囉工作囉。她哼著歌拉下拉桿，大門發出低沉的聲響開啟。

「好，這樣過得去了嗎？」

少女穿過門進入建築物。細長的直線道路前方，透出一絲光芒。白光中看得見獨具特徵的黑色粒子。

「下一個稻草人，就能修復完這把武器了……」

那名女子會做出什麼樣的選擇，看到她的選擇，少女又會作何感想……

「稻草人就在前面。走吧。」

道路的盡頭是圓形大廳。水的氣味比之前更加強烈，風也變冷了。因為四周有好幾道瀑布圍在旁邊。大量的水落下的聲音震動空氣，細小水花飛濺，化為霧氣降低周遭的溫度。

少女將手伸向站在大廳中央的稻草人。她試著對她說「一路順風」，可惜聲音被瀑布聲蓋過，少女八成沒聽見。

鐵鏽「燦紅凋零　消逝於梅雨中」

於兩人耳邊迴盪的，唯有雨聲。漫長的沉默過後，女子將刀子納入刀鞘。她詢問困惑的少女。方才妳說過，這樣的家庭最好滅亡，此話當真？少女顫抖著點頭。女子聞言，面不改色地回答：「瞭解。」

她的語氣與隔著一道牆壁接受大名的命令時並無二異。毫無起伏，不帶任何情緒，也感覺不到任何氣息，平靜如波。正因如此，才感覺得到女子的決心。她用回答主君的字句，答覆敵人的女兒……這個行為真正的用意。

背後傳來大量士兵集結的聲音。

她隻身攻入敵人的城內。聽見騷動聲，自然會有援軍趕來。把時間浪費在跟少女對答上，只會有更多敵人。明知如此，女子仍舊猶豫不決。她忍不住思考。

數名士兵聚集在房間內，女子臉上卻看不見恐懼的情緒。女子擺好架勢，喃喃說道：「來吧。」

臉上瞬間閃過恐懼的，是數量占上風的士兵們。或許是因為勝負顯而易見，女子卻泰然自若，反而令他們感到不安。他們手中的刀和長槍的槍尖在微微顫抖。

景色在這時切換。黑鳥群飛來了。黑色敵人數量不少，然而和包圍女子的士兵比起來，不足以大驚小怪。而且與黑色敵人對峙的女子旁邊，還有人跟她共同作戰。是其他故事的人物。

我明白這只是我自以為是的想法。在場的他們連有沒有「共同作戰」的意識都無法確定。

僅僅是把手中的武器的戰鬥力呼喚出來，因此女子並未與他們交談。此外，此時此刻在這裡戰鬥的女子本身，也只不過是力量罷了。也不知道她有沒有意識到旁邊那兩個人。

儘管如此，我還是為女子不是孤軍奮戰而鬆了口氣。我很高興，值得慶幸。至於為何會有這種想法，我自己也不清楚。

與黑色敵人的戰鬥告一段落，回到修復完畢的場所時，時間過得比想像中還要久。寬敞的房間內，滿地都是倒下來的士兵和掉在地上的染血武器。沒有半個人站著。沒錯，沒有半個人。

血跡從敵方士兵屍橫遍野的房間中，往深處拉出一條線。前方是那名女子。雖然她從小就在接受與複數敵人為敵的訓練，這次敵人的數量真的太多了。她將敵人斬殺殆盡，自己卻也受了傷。

少女跑過來握住女子的手。

她的驚慌一目了然。不是跟被人用刀指著的時候一樣面無表情。為什麼？為什麼？不停重複這句話的她，跟當時判若兩人。

為什麼要這麼做？雨聲逐漸遠去。人類無法選擇要出生於何處。在充滿鬥爭的塵世中，大多數的人連死法都無法選擇。不過，或許可以選擇要讓誰活下來。我只是被家族束縛，履行被迫背負的職責而已。這雙手斬殺了無數的人。我不覺得做這點事就能贖罪，但至少能帶去地獄當見面禮吧。

女子臉上也露出了看似表情的情緒。跟景色切換的前一刻表現出的「某種情緒」不同的情緒。

她記得女子在面對眾多敵人時，有那麼一瞬間產生了疑似感情的東西。恐怕就是它推了女子一把，讓她採取有勇無謀的行動。

如今，「某種情緒」消失了，取而代之的是另一種表情。大概是「滿足」吧。

對於一個人都沒放過，自己的工作成果的評價。是殺死隨機殺人魔和守衛時都沒有的表情。

雨聲停歇。少女的淚珠緩緩滑落。一動也不動的女子臉上，看起來帶著一抹淡淡的微笑。

*

少女一聲不響地回來了。稻草人的顏色變白，彷彿被故事中的雨洗淨。

「真正的自由，或許一開始就不存在。」

那名女子和男裝少女，都被奪去了人生的自由，但真的只有她們兩個嗎？那個故事中的人，看起來全都被什麼東西束縛著。

「過去和因緣。被數不清的鎖鍊束縛住，幾乎每條路都被堵住。剩下寥寥無幾的選項，也未必能靠自己的意志選擇。」

稻草人手中的刀慢慢飄到空中，變成發光的碎片照亮周圍的水花，吸進少女體內。

「『憤怒』……你所失去的第四個碎片。」

那是促使故事中的女性行動的感情。

「你心裡的『憤怒』是針對何者的憤怒？針對某人？世界或命運？還是……對你自己？」

初次見面時，於少女眼中燃燒的情緒。將其取回的當下，少女會有什麼樣的感受？

「……你做出抉擇的時刻也近了。」

通往下一個領域的旋轉樓梯出現。鐘聲響了兩次。少女拔足狂奔，臉上帶著比先前更加強烈的「某種情緒」。不曉得那是意志、祈禱，抑或憤怒。

該取回的碎片還有兩個。她將在那之後面臨抉擇。

呼。第四個故事也修復完了。從沙子到水，景色變化多端固然有趣，但還是一樣累呢。

「辛苦了。我想也是。沙之領域和水之領域，都一樣是『牢籠』吧？要做的事沒有變，不會突然變輕鬆，雖然心情可能會截然不同。」

嗯……說得對，沒錯。

「哎呀？怎麼了？我說了什麼奇怪的話嗎？」

沒有，不奇怪。只是妳的話突然變多，我有點疑惑。

「噢，這個呀。沒什麼原因，純粹是想說話而已。我當傾聽者也當得受不了了。我也知道只會默默點頭、搖頭，對方比較好開口，但媽媽不擅長默不作聲，真是失格的傾聽者。對不起。」

我才要道歉，原來是這樣，所以媽媽才一直默默聽我說話嗎？

「不適合我的個性就是了。」

可是託媽媽的福，我才能整理好思緒，或者說得出一個結論。真不可思議，明明媽媽只是在自說自話而已。

「自言自語很重要的。聽說對鏡子說話能夠客觀地審視自我，所以我想試試看。看來有效喔。」

非常有效。媽媽真是個稱職的傾聽者。媽媽也得向妳學習才行。

「因為媽媽是媽媽嘛。」

呵呵呵。說得也是。嗯，媽媽也會努力。儘管有很多事要煩惱。

「煩惱是指叛徒？我說過那叫不可抗力了吧。千萬別放在心上。而且，事情已經結束了不是嗎？那個運送員現在什麼都做不了。對吧？」

「可是？」

我明白。可是——

將來未必不會發生同樣的事件……不，肯定會發生。就連現在，敵人也在派內奸進來。但就算知道有內奸，也逮不到他。想到就覺得好沮喪。

「沒辦法，『牢籠』就是這樣的構造。妳只能想開點。」

果然是這樣嗎？

「不過，不是沒有辦法處理。」

處理？什麼意思？

「只要用比敵人的破壞速度更快的速度修復即可。叛徒在做的是破壞對吧？只要努力修復，叛徒做的事就等於沒有意義。」

雖然不知道有沒有那麼容易，妳說得對，並不是無計可施。

「對吧？哪有時間給妳沮喪。」

嗯。確實。我得加油才行。

「剩下兩個碎片，媽媽的工作也看到盡頭了……就快了。」

謝謝。我會努力成為更好的支援者。那我走了。

第5章

顏色突然從視野中消失。道路染成一片白色，天空也是白色。牆壁跟之前一樣是石牆，看起來卻有點黑。冷風帶來的不是舒適的涼意，而是刺骨的寒意……好冷。

「一下子變冷了。」

在這座「牢籠」中，到處都看得見掛在建築物上的細長布條。有的尾端分別固定在不同的建築物上，變成一座吊橋，有的只固定住其中一端，像旗子一樣，沒有固定的樣式。

在沙之領域，布條會隨著乾燥的風飄揚；在水之領域，布條吸收了水花，飄動時顯得有些重量。掛這些布的原因不得而知。是為了裝飾，還是要測量風力或風向？

然而，這裡的布都結凍了。不會隨風搖曳，也不會獵獵作響。看起來像放著一片白色的薄板。無法測量風向，也不能當建築物的裝飾。就算這樣，好像還是沒人想拆掉它。

「從天而降的這個東西是……」

不是花瓣也不是棉花，純白的物體接連飄落。

「雪？」

語畢，她觀察少女的臉色。這孩子知道雪是什麼嗎？即使知道，她感覺就沒有玩過雪。若她玩過雪，看到雪景想必會稍微面露喜色。

這孩子恐怕不覺得雪是多有趣的東西，也不覺得它有多可怕吧。冰雪會無情地奪走生物的體溫。此外，大量的積雪還會壓垮建築物，山上的雪崩會將動植物盡數吞沒。少女並不知道。

「原來『牢籠』也有天氣變化。」

也不是第一次看見了。水之領域的天空裡有雲，也有強烈陽光迎頭照下的地方。儘管只是大晴天和微陰的差別，天色確實有所變化，因此下雨或下雪也不會不自然。

她再次仰望天空。是白色的天空，而非雨天的灰色。降雪的雲朵比雪更白更耀眼。建築物的屋簷及門上垂著幾根冰柱，透明如水晶，尖端呈現錐狀。儼然是由大自然這位工匠鍛造的劍。

「沒想到能看見這麼美的景色……媽媽好感動。」

她代替看起來完全沒有受到感動的少女稱讚雪景。誰都不肯稱讚的話，會顯得這個領域的設計者有點可憐。

「第五把武器照理說就在這裡，還有第五個稻草人。」

不過，重點是稻草人，身旁的風景僅僅是附帶品。某種意義上來說，少女對此漠不關心是正確的。

「走吧，去找黑色稻草人。」

在目所能及之處皆是積雪的純白中，遠遠都看得見升向天際的黑色粒子。少女發出踩在雪上的聲音，衝上樓梯。融化於雪景中的稻草人的輪廓顯露出來。

「這……是什麼？」

是把外型獨特的長柄武器。仔細一看會發現有槍尖，所以看得出是長槍。不過，槍尖旁邊還附有新月形的刀刃。要是沒看到細長的槍尖，可能會以為它是握柄特別長的斧頭。

「這把槍形狀好奇怪……為什麼？」

總而言之，只要閱讀故事，應該就會知道原因。也會知道該取回的的五個碎片是什麼。

遙遠的山頂「生存價值」

稻草人裡面的世界也是白色的。只不過，雪已經停了。微弱的陽光照在身上，卻並不溫暖。不，講白了點，很冷。

男子於積雪深厚的道路上前行。周圍沒有任何動靜，鴉雀無聲。山路上，放眼望去皆是冰冷的白色雪景。唯有男子吐出的白色氣息在前進。

跟黑髮姊妹居住的山林大相逕庭。即使有姊妹倆那般高超的箭術，也不可能在這裡靠狩獵維生。彷彿在拒絕人類居住，冰冷無聲的場所。

回過神時，夕陽即將西沉。即使如此，男子仍未放慢腳步。

天空的顏色變了。不管是否有人類居住，太陽照樣會升起、落下。男子忽然停下腳步。

大地的裂縫阻擋了他的去路。那道冰隙深不見底。

中斷的道路旁邊長著一棵樹，沒有枝葉，八成是因為天氣太冷而枯掉了。

男子從懷裡拿出慣用的手斧。他維持著平衡，走在不穩的道路上。

男子砍斷樹木當成橋梁，走過大地的裂縫。樹幹做成的橋看起來很滑，長度也只能勉強伸到對面。樹幹在慎重前進的男子腳下，發出不祥的吱嘎聲。

然而，不堪負荷的不是樹幹，而是大地。不曉得是承受不住男子的體重，還是結凍的樹太硬，懸崖的一部分崩塌了……連著樹幹做成的橋梁一同掉落。

男子還挺命大的，他立刻跳到對面的懸崖。幸好沒有繼續崩塌，男子好不容易爬上懸崖。

他繼續朝著山頂前進。

男子若無其事地默默攀登山路。令人驚訝的是，他面無懼色。要是慢了那麼一秒跳過去，或者崩塌的規模更大一些，他早就沒命了。

回過神時，月光籠罩著四周。這座山有股不可思議的魅力。

搞不懂。我無法理解都快要性命不保了，還會覺得這裡有魅力的思考方式。

他當然明白，夜晚的山比白天更危險。可是經驗、體力、智慧、自信，全都在推動他前進。

有時候，明知危險依然不得不前進。我知道。那名王子也是懷著會因此送命的覺悟，向父王進諫。違背命令的機械兵亦然。以暗殺維生的女子，肯定也遇過好幾次這種情況。攀爬高山的男子，感覺卻跟他們不太一樣。

正當此時，盯上男子的野獸眼中的凶光，於月夜中亮起。

一群野獸，是擁有捕食人類的習性的野獸。野獸低吼著觀察男子的反應。黑鳥降落在牠們身上。

男子一個人面對三隻黑色野獸。身旁沒有夥伴的模樣，看起來再自然不過。隻身踏進危險的山裡的男子，不適合共同作戰一詞。而且，男子確實強到能獨自戰鬥。

儘管需要一些時間，男子消除了黑色敵人，再度站在狼群前面。

男子鎮定地與狼群對峙。不奔跑、不背對、不跟牠們四目相交。

男子一步步後退，逐漸和狼群拉開距離。

然後大喝一聲。

狼群似乎將他視為難纏的敵人，逃進雪景消失不見。男子之所以跟狼群拉開距離，是為了給牠們逃跑的時間。若牠們判斷自己無處可逃，就只能反擊。

趕走狼群的男子，再度於山路上前進。

雪花開始紛紛飄落，山上也颳起了風。雪勢及風勢隨著男子與山頂的距離接近，變得更加猛烈。天上的月亮不知何時被雪與風遮住。暴風雪來了。

據說，從未有人成功登上這座山的山頂。男子是至今以來稱霸過無數名山的冒險家。他無時無刻都在透過殘酷的大自然，尋找生與死的界線。他相信尋找生死的界線，就是自己活著的理由。

男子的雙腿受到猛烈風雪的阻擋，頭一次減慢速度。看來大地的裂縫和狼群都毫不畏懼的男子，唯有山上的惡劣氣候招架不住。即使如此，男子還是不打算回頭……我真的無法理解。

＊

長槍的形狀好像是源自於手斧。披荊斬棘進入崎嶇山峰的男子帶在身上，用來開路的武器。

「這次是冒險家的記憶？那個大叔感覺好厲害。」

長槍吸進少女的手中。是錯覺嗎？她看起來有點無聊。

「媽媽從來沒爬過山……因為你看……媽媽的腳碰不到地面……」

少女沒聽完她說話，就往前方跑去。不曉得是對登山沒興趣，還是想說她已經在拚命攀登「牢籠」了，根本用不著爬山……

白雪後方看得見黑色牆壁。不久前還有遇到黑鳥。這塊雪之領域也跟沙之領域和水之領域一樣，有敵人存在。

「黑色敵人……不會冷嗎？」

她當然知道答案。可是她覺得若不說點話，少女可能會結凍。

「你會冷對吧？畢竟你穿得那麼少。」

雪無情地吹在裸露的四肢上。老實說，她在旁邊看都嫌冷。

「真的不冷嗎？要不要媽媽幫忙溫暖你？來，不用客氣喔？」

少女不斷奔跑，看都沒看她一眼。彷彿在嫌她煩。她說不定真的覺得她一直跟她說話很煩。本來想藉由對話緩解寒意，看來是多此一舉。

而且，這孩子不是喜歡聊天的人……

「知道了，媽媽會保持安靜。」

正好看見升向空中的黑色粒子。稻草人裡面也是雪景，不過應該不會像在「牢籠」中一樣感覺到寒冷。

她差點不小心說出「我們走吧」，急忙閉上嘴巴。好險。才剛說要保持安靜，怎麼能說話呢。她閉上嘴巴，只對被吸進稻草人之中的少女揮手。

遙遠的山頂「勇往直前」

雪山被猛烈的暴風雪覆蓋，風雪寒冷刺骨，男子的腳步也很沉重。

本以為裡面和外面都差不多，一進入稻草人，眼前就是白濛濛一片。外面好太多了。風沒有大到會影響前進，視野也沒有這裡那麼差。

疲憊不堪的男子看見的，是可供一人休息的岩石陰影處。

男子坐到岩石後面。同樣在戶外，氣溫自然差不了多少。但只要能避開風雪，體力的消耗就截然不同。男子安心地吁出一口氣。

一放下心來，他便想起收在懷裡的那封信。

爸爸，快回來，我和媽媽在等你……

短短的線條亂七八糟地畫在紙上。我無法把它當成「文字」理解，蘊含其中的意思倒是看得出來，也看得懂畫在角落的人像。左邊的「爸爸」應該是這名男子。儘管畫得很簡略，畫中的男子有長鬍鬚，不會有錯。這樣的話，右邊就是「媽媽」，男子的妻子。中間的小人則是女兒。

這是他挑戰這座山前，女兒送他的。他又在懷裡摸索了一下，拿出手作的護身符。有點扭曲的形狀，使男子凍僵的臉上浮現笑容。

僅僅是用紅線將木片綁起來做成的「護身符」究竟象徵著什麼東西，我不太明白。但就我所知，人類的小孩大多不得要領又手拙。這歪七扭八的護身符，應該也是對方努力做成的。

男子站起身，雙腿充滿力量。

坐到岩石後面休息前，他的步伐還無力到彷彿隨時會倒下，如今卻判若兩人。

是「護身符」的功效嗎？

這名男子有妻子和女兒，有會為他祈求平安的家人。男子卻獨自來到危險的山上，為了尋找生死境界這種連是否存在都不知道的籠統目標……愚蠢的男人。

不久後，風雪停歇，空中的月亮再度探出頭來。月光照亮白雪，良好的視野跟前一刻截然不同。萬籟俱寂中，只聽得見踩在雪上的聲音。

山腰有座遼闊的冰湖。

多虧風雪停了，看得見結冰的湖面。冰上幾乎沒有積雪，推測是被強風吹散了。只剩薄薄一層雪，宛如灑了粉在上頭。

冰上有東西。是人類。倒在那邊的人類也全身是雪。

從服裝判斷，倒在地上的屍體似乎是登山家。大概是在這裡耗盡力氣了。登山家的遺憾化為死靈，黑暗擴散開來……

一群黑鳥在屍體變成死靈前從天而降。被附身的屍體染成黑色，瞬間膨脹，化為細小粒子迸裂，遮蔽視野。光看這個部分，大致符合故事的發展。差別在於在故事中喚來黑暗的是死靈，而這片黑暗則是黑色敵人喚來的。

不管怎樣都很麻煩。在這裡死去的登山家或許死不瞑目，但因為這樣就用黑暗遮蔽陌生男性的視野，未免太不講理。看來人類有時會給人造成困擾，記得這種行為……叫遷怒。

黑色敵人跟剛才的狼很像，也有形似於地面爬行的鳥類的種類，還有站起來走路的大型個體。簡直像為了遷怒而隨便召集來的。

想擊潰烏合之眾易如反掌。這樣看來，死靈搞不好更難纏。我沒有親自戰鬥過，所以無法斷言就是了。

黑色敵人消失，視野恢復原狀。男子跪在地上，盯著登山家的屍體。似乎有什麼東西吸引了他的注意力。

遺體旁邊掉著一本筆記。筆記上寫著對挑戰這座山的後悔，以及對被他拋下的家人的歉意。字跡有點潦草，不曉得是冷到寫不好字，還是過度悲傷所致。

再怎麼後悔，那名登山家都不會復活。就算他寫了數十次賠罪的字句，也不能保證會送到家人手中。

我覺得他很蠢，但我也為自己選擇的道路感到後悔過，沒資格說人家。朝目的地猛衝的人，不會去思考其目的是否正確。他們完全不會去懷疑，自己的目的地說不定是錯的……

男子一語不發，將筆記放回屍體旁邊，站起身。

＊

少女的臉色看起來不太好。應該不是因為稻草人裡面和外面都很冷，但她嘴唇蒼白。也許是哪裡會覺得痛，也許是心裡覺得難受。

她非常擔心，卻不能詢問。剛才她不小心答應少女會「保持安靜」。她不想讓少女感到不快……

她將想要說出口的話吞回去，屏住呼吸。若不這麼做，話語可能會脫口而出。

好痛苦。不說話愈來愈痛苦了。好痛苦。她知道只要閉上嘴巴顧著呼吸即可，可是若能做到，就不會那麼辛苦了。好痛苦。好痛苦。好痛苦。

受不了了。她忍不住吐氣。

「辦不到！媽媽剛才雖然答應了你要『保持安靜』，辦不到！」

啊啊討厭！不說話乖乖當個傾聽者，竟然這麼累！真的辦不到。絕對辦不到。

沒資格說別人了……

「小心不要踩到雪滑倒喲。」

話一說出口，她就鬆了口氣。她天生愛多管閒事。就算少女會嫌她有點煩，也只能請她放棄掙扎了。

少女爬上沒有扶手的狹窄樓梯，來到戶外的通道，風突然變大了。雪也下個不停，導致視野不佳。

「雪下得愈來愈大了……快點前進吧。」

風勢增強，就算想「快點」前進也快不了。是逆風。少女把手臂擋在臉前，試圖確保視野暢通。她努力動著腳，卻只能緩慢前進。以那嬌小的身軀，光是要站穩腳步避免被吹飛，就是極限了吧。

有東西在白濛濛的視野對面移動。令人睜不開眼的強風，導致她一直沒看到。等她發現的時候，怪物已經站在少女面前。

怪物發出聲音。不對，那是說話聲。怪物在說話，但他的聲音被風聲蓋過，斷斷續續的。換成人類，或許可以透過表情或嘴型推測，然而對方可是連五官都看不出在哪裡的怪物，更遑論表情。

怪物看起來既疑惑，又悲傷。也像陷入了錯亂……不過只是「看起來」而已，沒有確切的證據。

少女走向怪物。然而，這次怪物又逃也似地跑走了。更加猛烈的逆風吹在少女身上，彷彿要幫助他逃跑。被困在原地的少女再度邁步而出時，怪物已經不見蹤影。

「……那隻怪物是不是想說什麼？」

少女好像垂下了肩膀。想說什麼的或許是少女才對。

「對面有稻草人。」

少女旁邊那條路的遙遠前方，有升向空中的黑色粒子。就連在暴風雪之中——不，是正因為在純白的暴風雪之中，黑色稻草人才更加顯眼。

沒時間沮喪了吧？你的目的是什麼？你明白的吧？現在只要想著自己該做的事、能做的事就好。好嗎？

她只有對少女說道「那就是第三個，打起幹勁出發吧」，代替那一連串話。

遙遠的山頂「斥責」

巨大的懸崖擋在男子面前。

比起懸崖，看起來更像一面石牆。一眼就看得出表面幾乎沒有能拿來踩的凹凸處。

只要爬過去，理應就能抵達山頂。男子凍僵的雙手用力握拳，激勵自己。

男子一步步爬上懸崖……太亂來了。結凍的岩壁會滑。更重要的是男子處於疲勞狀態，抓住岩石的手臂在微微顫抖。吹在身上的風無情地奪走所剩無幾的體力。

真想叫男子別再爬了，快回去。他說不定走在錯誤的道路上，既然如此，趕快回頭重新來過才是明智的抉擇吧？現在還來得及。萬一不小心走到錯誤的目的地，會無法挽回。得在那之前……這番話，男子當然不可能聽見。

男子的身體飄到空中。看吧，趕快折返就不會這樣了——我忍不住咕噥道。分不清他是手滑還是踩歪了，男子與崩落的碎石一同墜落。雖說下面有積雪，摔在懸崖下的男子還是在那裡躺了一段時間。

終於站起來的男子，搖搖晃晃地走向懸崖。令人傻眼的是，他好像還想繼續前進。明明該趁還留有一些體力的時候下山。

男子滿腦子都是想征服這座山的願望。他八成是被會奪走判斷力及冷靜，名為願望的存在附身了。

可是，願望這種東西有時會給人超乎常理的力量。正因如此，才會那麼棘手。

男子總算爬上了對凍僵的身體來說，實在太過莽撞的懸崖。

看來他離目的地又更近了一步。那裡未必有幸福在等待他，不過至少可以確定，男子正感到心滿意足。

令人驚訝的是，據說從來沒有人到過的山頂，有座荒廢的神殿。那神祕的畫面彷彿在引導他前進。

這名男子不是第一個征服這座山的人，僅此而已。沒什麼好奇怪的。只不過，雖說如今已經荒廢，那是座宏偉的大神殿。想建造這麼大的建築物，應該需要不少人力。一大群人在崎嶇的山路上來來往往，把石頭、圓木等建材搬上山……這樣一想，確實挺不可思議的。

刻著花紋的石柱和排列整齊的石牆。是迴廊的遺跡嗎？男子像個孩子般環視周遭，繼續前進。這座神殿是在哪個時代，由誰，基於何種目的建造的？謎團重重。男子的雙眼炯炯有神。對於自稱冒險家的男子而言，發現眼前的神祕應該跟攻頂一樣值得高興。

不久後，還留有屋頂的建築物出現在視線範圍內。男子馬上踏進其中，似乎沒有想過可能有危險的野獸棲息於此、建築物可能會倒塌。這時，他停下腳步。

建築物中放著跟大人的腰部差不多高的臺座。一名女子躺在其上。鼓起的腹部朝向上方的女子突然睜開眼，坐起身子。男子瞪大眼睛。

他在那裡遇見的，是不該出現於此處的妻子。

我一直在等你……女子輕聲說道。這女人到底是怎麼進到這裡的？怎麼爬上那如同牆壁的懸崖？穿著這身與居家服無異的輕便服裝，她如何抵禦那寒冷的氣候？

不過，這些疑問都得不到解答。一群黑鳥附身在女子身上。

現身於面前的，是方才看過的在地面爬行的鳥型敵人，而且有好幾隻，牠們後面也有敵人。是女子……男子的妻子。

女子浮在空中，兩隻手從衣服底下伸出來。從手臂上的肉來看，不是大人的手，是小孩的手。那該不會是嬰兒的，還在腹中的嬰兒的手……吧？

與黑色敵人融合的女子襲擊而來。她的表情看起來在笑，也像在怨恨地瞪著男子。女子忽然開口。

『為什麼要拋下我們……這孩子就快出生了……』

她是真的在恨男子，還是黑色敵人讓她這麼說的，不得而知。然而，對男子來說都一樣。他只是不停甩動長槍。

女子發出分不清是大笑還是悲鳴的聲音。男子繼續揮舞長槍，銳利的槍尖再三貫穿女子的胸口、腹部。

周圍終於恢復寧靜。黑色敵人和男子的妻子都消失了。跟剛才一樣的建築物中，女子躺在跟剛才一樣的臺座上，閉著眼睛一動也不動。男子戰戰兢兢地望向女子。

他定睛凝視，重新觀察女子。本以為是妻子，結果是素未謀面的孕婦凍死的屍體。屍體手中握著歪七扭八的護身符，跟女兒送他的護身符很像。

他之所以會將陌生女子誤認為妻子，是因為鼓起的腹部、跟女兒做給他的護身符很像的護身符，還是……對妻女的罪惡感？

……下山吧。連幻覺都看見的男子，決定回到家族身邊。

終於。雖然有點遲，他終於決定踏上歸途。男子很幸運，因為他在還來得及回頭時做出了覺悟。這樣就不用嘗到再怎麼後悔都無法挽回的絕望滋味……

張開來的嘴巴合不起來。世上的冒險家看到都要說不出話了。

＊

「竟然把懷孕的妻子留在家，自己跑去登山，這男人真過分。」

而且女兒還那麼小。看得出那歪七扭八的護身符，是出自年幼的孩童之手。要捧著一個大肚子照顧那孩子……該有多不安啊。

只不過，少女應該無法想像扶養小孩和懷孕的辛勞。她沒有特別生氣，也沒有因此感到傻眼……簡單地說就是跟平常一樣，將手伸向武器。形狀奇特的長槍吸進少女手中，消失不見。

「總而言之，繼續前進吧。暴風雪好像也開始停了。」

然而，視野雖然變清晰了，這次卻換成路變得不好走。少女來到用橋連接兩座廣場的地方，那座橋……卻是用布條搭成的。

「這裡，結冰的布變成橋了……」

多虧結冰的關係，它才維持得住形狀，但那座橋真的堅固到可以讓人在上面行走嗎？不，無論堅不堅固，想前進就只能走這條路。她左顧右盼，完全沒看到可以繞路走的地方。

「小心別滑倒，要站穩腳步喔。聽說冷靜點，小步慢慢走比較好。還有身體前傾，用整個腳掌……」

少女於結凍的布條上快步前行。步幅一如往常，身體也沒有前傾。她用腳尖蹬著地面，走得很快，導致少女每走一步，腳下的布條都會發出聲音裂開。

「……你有在聽媽媽說話嗎？」

八成沒在聽，一句都沒有，否則不可能會做出完全相反的行為。少女的個性沒有乖僻到會故意跟別人的建議作對，也沒有蠢到不明白這麼做毫無意義。純粹是沒聽進去……雖然這樣也挺哀傷的。

少女過完橋後，結凍的布條立刻粉碎崩塌。要是她在途中拖拖拉拉就糟了。看來比起謹慎前行，什麼都不要想，趕快過橋才是正確答案。

「雪之『牢籠』景色固然美麗……但這裡好危險。不太想久待呢。」

雪稍微大一點視野就會變差，還因為路面結冰的關係走路會滑。不僅如此，要不是因為這裡是什麼東西都會結凍的場所，不可能會有人想得到要把布拿來當橋這麼亂來的主意。

「修復完下一個記憶後，是不是要跟雪之『牢籠』道別了呢。」

想到很快就不用待在這個又冷又危險的地方，她鬆了口氣。這樣想或許不太好。她記得有人說過，安心安全這種東西很愛逃。

一波未平一波又起這句話浮現腦海。道路從眼前消失。不對，道路仍在持續。只是因為毫無前兆成了下坡路，導致它從視線範圍內消失罷了。

「坡道……不要緊嗎？」

之前的坡道和樓梯都是往上的，這次卻是下坡，還又長又陡峭。少女卻按照慣例，大膽地踏出步伐。下一刻，少女的身體沉下去了。她心想「危險」，抓住少女的衣服，結果這麼做太莽撞了。她連著伸出去的手一同被拽向下方。

驚人的速度和滑落的感覺同時襲來。風在耳邊呼嘯。她聽見「哇啊啊」的怪聲……是自己的聲音。有種難為情的感覺。她以猛烈的速度滑下積雪的坡道。她發現這樣很有趣，非常有趣。

她隨著輕微的衝擊停止滑落。屁股好冰。仔細一想，她會飛，何必跟她一起滑雪？

「不過挺好玩的！」
好玩就好。用不著深究。
「以後要不要再來玩呢？」
她才剛說過不想久待，未免太好笑了。這也用不著深究。
總之，多虧她們瞬間滑下坡道，很快就抵達最後一個稻草人。滑下來的地方離稻草人只有一段距離。少女在雪上飛奔而出。
撐不上長的橋梁對面，有一座廣場。不是正圓形，是星形的廣場。黑色稻草人佇立於中央。
「那麼，進入長槍記憶的最後一個稻草人吧。身為冒險家的他，平安回到家中了嗎？」

遙遠的山頂「願望」

又是雪景。差別在於剛才是山中，現在則是森林裡。
白雪皚皚的森林中，有一戶亮著燈的民宅。

民宅裡有一名孕婦和一名少女。巨大的暖爐裡燃燒著火焰，不時發出木柴的劈啪聲。除了照亮家中的燈光外，窗邊還放著燭臺。代表就算隔著一段距離，也看得見窗邊的亮光。

女子摸著大肚子，往暖爐裡扔新的木柴，為架上的酒瓶拭去灰塵。這個動作讓人看得出，那些酒不是她要喝的，而是為丈夫準備的。

『爸爸能不能快點回來呀。』

趴在桌上不知道在做什麼的少女抬起臉嘟噥道。那口齒不清的說話方式，是幼童的特色。少女手邊有張攤開來的紙。一名孩童站在兩位成人之間……跟那男人懷裡的畫一樣。意思是，這兩個人是他的「妻女」，這裡是「有家人在等待他的家」。

女子撫摸少女的頭，坐到椅子上開始織衣服。是男性穿的上衣，厚得讓針穿不太過去。原來如此，這樣就能抵禦山裡嚴寒的天氣了。男子滿腦子只想著自己的目的，女子卻誠心地在珍視他。

在山頂神殿看見的幻覺中，女子對他抱持恨意。其實是男子的愧疚感讓她說出那種話的嗎。

咚咚咚。粗暴的敲門聲傳來。

少女嚷嚷著「是爸爸」，雀躍地站起來，衝向家門。懷孕的女子起身時，少女已經把門整個打開。站在門口的，無疑是那名登山的男子……不過，情況不太對勁。

粗魯地打開門，站在門外的，是有著父親外型的異形。

少女瞪大眼睛。黑鳥附身在穿著那名男子的衣服的異形身上。

要跟黑色敵人戰鬥的，不是那男人嗎？為何有著他的外型的異形會在這裡，變成黑色敵人？決心要回家的男子跑哪去了？

打倒形似於地面爬行的鳥類的敵人，以及穿著與男子極其相似的上衣的敵人，不祥的預感依舊揮之不去。修復完故事後，等待他們的反正也不會是多好的結局的預感。

故事倒轉回黑鳥降臨前的片段，少女嚷嚷著「是爸爸」，雀躍地站起來。懷孕的女子也跟著起身。少女直接把門打開。可是，門外沒有半個人。少女訝異地歪過頭。

敲門聲似乎源自於風的惡作劇。

女子關上門。她肯定跟女兒一樣，期待丈夫的歸來。她面露失望。少女則已經切換好心情了，她高興地說：

『媽媽，跟妳說喔。爸爸回來後，我要送他我織的手套！』

女子微微一笑。少女的話語拯救了她。孩子天真無邪的想法，有時比任何藥都管用。比巨大的暖爐更能帶來溫暖……沒錯，跟那孩子一樣。

『爸爸一定會很高興。』

大概是跟那個護身符一樣，歪七扭八的手套。不過男子收到，想必會很高興。可以想像那副模樣。

這時，女子皺眉按住腹部。含糊不清的呻吟聲從口中傳出。

妻子按著大肚子當場蹲下，新生命即將誕生。

周圍突然變暗。女子和少女都消失了。熊熊燃燒的柴火和照亮窗外的燭臺亦然。男子倒在空無一物的黑暗中。

男子身在黑暗之中，劇痛傳遍全身，連一根手指都動彈不得。

這裡是哪裡？

儘管如此，他還是拚命擺動四肢，身體卻愈來愈沉重。

好冷。黑暗如寒冰般冰冷。男子看起來像被活生生凍成了冰塊。

男子感覺著自己的身體逐漸冰冷，意識到了。

浮現腦海的，是跌落那座如同石牆的懸崖的瞬間。

「是嗎，我早就……」

這裡是懸崖下方。爬起來重新攀崖的記憶，僅僅是男子的錯覺。幻覺不只是與妻子相貌相同的女性。荒廢的神殿、躺在建築物深處的孕婦遺體，通通都是幻覺。在從未有人到過的山頂有座神殿的神祕現象，根本不存在。

男子將那隻已經失去知覺的手輕輕探入懷中。女兒做的護身符，還殘留著一絲溫度。他用手指感覺著家人的存在，緩緩閉上眼睛。

生下孩子的妻子及女兒，站在倒在地上的男子旁邊。那也是幻覺。抱著嬰兒的女子和少女，與男子的身影一同消失於黑暗中。

＊

「原來他的家人是幻覺。」

少女的表情，看起來像不小心吃到苦澀的東西。不曉得是在憐憫為了征服高山這個自私的願望，拋家棄子的男人，還是在罵他自作自受。

「再怎麼強大，人類都無法獨自生活。是個可悲男人的故事……」

決定回到家人身邊時，男子已經處於瀕死狀態。他太晚發現一個人活不下去了。這樣的話，乾脆把家人拋在腦後，當個自私的人死去，說不定還比較幸福。對那男人來說。

稻草人手中的長槍變成發光的碎片，吸進少女手中。那個碎片名為悲哀。

「每個人的人生，都像宿命一樣有悲傷的事等待在前方。即使如此，還是有不得不前進的時候……你也是。你就是為此來到這裡的吧？」

為了存在於前方的事物。為了不惜拋棄一切也要達成的目的。

旋轉樓梯從上空降下。鐘聲只響了一次，彷彿在訴說剩下的碎片只有一個。

「走吧，去取回最後的碎片。」

「辛苦了。第五個碎片似乎也順利拿到手了呢。」

嗯。成功修復了，雖然是把懷有身孕的老婆丟在家，自己跑去登山的人渣男的故事。

「懷有身孕的老婆？丟在家？什麼東西!?怎麼回事!?」

聽我說，真的是很慘的故事……呃，現在不是聊八卦的時候吧。

「說得也是。下次總算是最後的修復了。」

對了，我又見到那孩子了。在雪之領域。

「那孩子？噢，那孩子呀。」

那孩子總是毫無徵兆地出現在我們前面，卻立刻逃走……

「到底有什麼意圖？」

對呀。真的很奇怪。我覺得那孩子應該是想做什麼，卻搞不清楚。說到這個，水之領域有會發出聲音的樓梯，那孩子在那裡玩耶。

「會發出聲音的樓梯？」

不知道是什麼原理，踩上去會發出悅耳的音色。每一階會發出不同的聲音，儼然是巨大的樂器。

「那孩子在玩樂器？」

看起來是那樣。不過，很奇怪對吧？那孩子應該失去自我了。

「噢，對呀。失去自我，在『牢籠』裡徘徊……確實很奇怪。既然這樣，為什麼要出現在你們面前又逃走？」

可能是基於本能的行為，但真正的原因不得而知。

「會不會是都失去自我了，還是有話想說？」

搞不好……對了，那個時候！

「那個時候？」

在雪之領域的時候，那孩子好像想說什麼。可是因為風雪太大，什麼都聽不見。如果風再小一點，說不定就能得到什麼線索。

「真可惜。不過用不著著急，很快就要得出結論了……」

也對。下次就是最後了。但願那孩子——不對，但願那兩個孩子能得到幸福。

「放心，會幸福的。」

嗯，我會在一旁守望……希望那兩個孩子能發自內心露出笑容。雖然只剩下一小段路了。

「差一點而已。加油。」

總覺得有點緊張。都這時候了，可不能還像個小孩。我走了，期待好消息吧。

「嗯，我先去那邊等。」

第6章

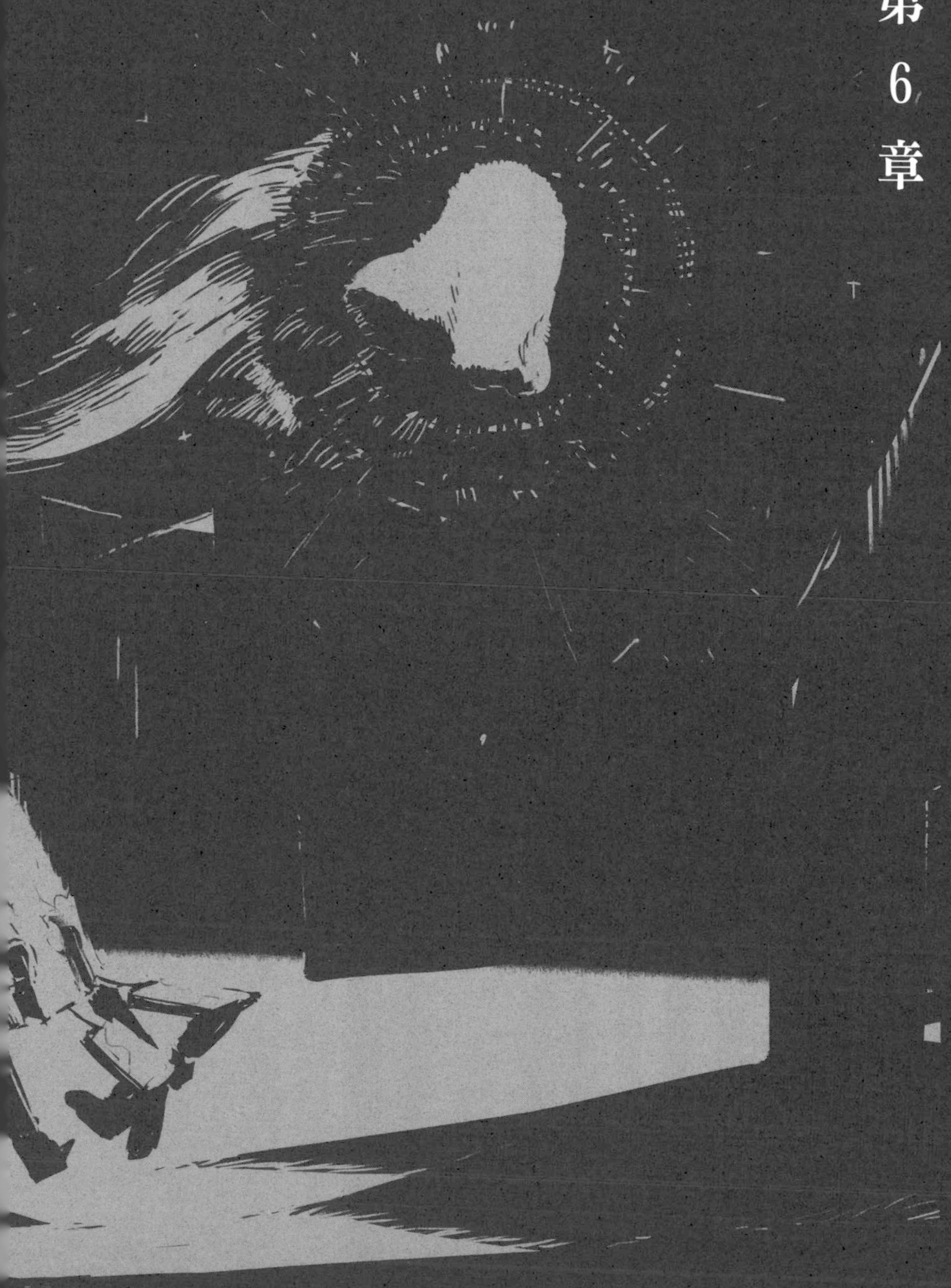

不是沙子，也不是水，更遑論冰雪。通往最後一塊碎片的「牢籠」，全由石頭的顏色構成。

道路、階梯、建築物，通通是石頭做的，所以這也是理所當然。不過，跟之前看過的石頭顏色不同。沙之領域的石頭都褪色了，水之領域的石頭是深灰色，雪之領域的石頭則被凍得有點黑。而在這塊石之領域，石頭是原本的灰色……不，是除去所有色彩的無色。

「這裡就是你旅途的終點。」

同時也是起點。與這名黑衣少女同行的旅途，是走回頭路的過程，因此少女原本的出發點，是在這個領域。

「是時候修復最後的記憶了。」

少女跑過嚴重崩塌的道路，衝上漫長的階梯。從下方吹過來的風聲沒有變化，這裡卻沒有沙、水、雪。無色的太陽高掛在其上的天空並非藍色，彷彿籠罩著白色的霧氣。

爬上階梯後，前方是圓形的廣場。少女走向中央的短小石柱。已經無須說明。

「取回所有的失去之物……為了達成你的願望。」

少女的手一碰到它，光芒便傳遍整根石柱，整座廣場開始上升。廣場變成了升降機。

速度很快。毫無防備的話，可能會不小心一屁股跌在地上。當然，少女若無其事地站在原地。從她的站姿看得出，她很習慣搭乘升降機。

升降機停止上升，出現一座通往廣場對面的橋。前方是多邊形的廣場，黑色粒子正在升向空中。是稻草人。仔細一看，它拿著形狀跟之前都不一樣的武器。兩顆巨大球體。推測是格鬥用的武器，有兩顆是因為一手要各拿一個。

「這個稻草人記錄的，是你們的記憶。」

少女對稻草人伸出手。

「開始吧。」

少女逐漸被吸入，已經無須揮手道別。

贖罪：黑「世怪」

這裡是……？我差點下意識環顧周遭。但我很快就改變了主意。用不著在故事中的世界做那種事。

長在各個地方的齒輪、浮在空中的齒輪、不是齒輪的圓盤狀物體、無數根形似由下往上長的冰柱的突起物。啊啊，這裡是我知道的地方。太過熟悉的地方。

佇立於故事中的……是怪物。跟在「牢籠」中屢次追趕，最後逃之夭夭的生物相同的外貌。

怪物慢慢邁步而出。每當尖銳的雙腿踩在地上，都會發出喀吵喀吵的聲音。跟踩在沙子上的聲音非常像。不對，正好相反。第一次踩在沙子上面的時候，我還覺得跟這裡的地面發出的聲音很像。

走著走著，看見那個白色飄浮物——媽媽。初次修復手杖少年的故事時，她也有出現在稻草人之中，但這次不太一樣。當時她像介入故事似地突然出現，滔滔不絕，這次的情況則不同。現在她跟整個故事同化了。

『歡迎。你來得真慢。』

對了，進入稻草人之中時，她總會揮動不知道是手還是腳的部位，對我說「一路順風」，這次卻沒有。原來如此，是因為她自己也在裡面嗎？

『這就是最後的記憶。最後的故事。』

跟在稻草人外面的聲音不同，大概是配合了這個世界的語言。

『好了，繼續前進吧。』

看來在這個稻草人裡面也會由媽媽帶路，和外面一樣。

『這個記憶的存在方式，有別於其他的記憶。』

用不著她說。這是**我**的記憶。我在**閱讀**自己的記憶。存在方式自然會有所差異。

『裡面的世界也處於非常不穩定的狀態。跟著媽媽，小心不要迷路。』

我心想「怎麼可能會迷路」，但這裡可是稻草人裡面。在熟悉的地方或許也可能迷失道路。我在媽媽的帶領下，於平緩的上坡、平坦的道路、平緩的下坡前進。

走了一會兒，有隻怪物坐在路邊。看起來茫然自失，不曉得在碎碎念什麼。隨著距離接近，我逐漸聽得清那隻怪物在說什麼。

『啊啊……還要……還不夠……』

「還要」什麼、什麼東西「還不夠」，我當然知道。正因為知道，才不想聽。想摀住耳朵的衝動湧上心頭。

『這裡是你這種怪物居住的世界……當然跟人類住的世界截然不同。』

在稻草人之中，我看過好幾個人類居住的世界。石造建築物、木造建築物、金屬建築物，不屬於上述任何一種的建築物。全是我所知道的世界不存在的東西。

『哎呀？在那邊的是？』

遙遠的前方看得見黑色物體。定睛凝視，看得出黑色物體在以不規律的動作蠕動著。

『怪物……似乎是跟你同種族的怪物。』

我知道。即使隔著一段距離，我也不可能看錯。就跟即使只有豆子般的大小，人類依舊認得出人類一樣。

『他們聊得很開心的樣子，不知道在聊什麼。』

他們在聊什麼？答案顯而易見。不，她是明知故問吧。

媽媽會講理所當然的事，似乎有她的理由。例如確認事實。或者特別強調，以免別人忘記。以及單純的閒聊。至於哪個理由最多，同樣顯而易見……

『幹麼？這個夢我不會給你的喔？想要的話自己去找。』

我一接近，那傢伙就用蘊含惡意的語氣說道。一面將發光的碎片拿在手中把玩。旁邊的怪物同樣拿著發光的碎片。

『新的夢……這樣就又多一個了……這樣下去……總有一天……』

他駝著背珍惜地看著碎片。我曾經也想過同樣的事。曾經。

我忍不住別過頭。好想離開這個地方。不過，往後退的腳撞到了東西。其他怪物坐在那裡。

『唔唔唔……你是……』

等一下——媽媽大叫道。她好像還說了什麼，但我沒聽見。坐在地上的怪物變成一團黑色膨脹起來，炸裂。是一群黑鳥。

然而，敵人依舊維持怪物的外型。有三隻跟我在「牢籠」裡追的怪物外表相同的怪物。怪物接連發動攻勢。用前端尖銳的腳踢擊、用長著長爪的手打擊。像一陣風般於空中滑翔，拍動背上的翅膀俯衝……運動能力比「牢籠」裡的怪物更優秀。外表雖然是怪物，內在卻是黑色敵人，兩者有所差異也很正常。

從來沒有覺得時間流逝得這麼慢過。實際上或許並非如此，但體感時間很長。

我滿腦子都在想什麼時候才會結束。敵人終於化為黑色塵埃煙消雲散時，我累得想當場趴下。

『黑色敵人在這邊也一樣會攻擊你。』

無論是哪個稻草人，黑色稻草人裡面必定會有黑色敵人。看到這裡是熟悉的場所，導致我差點忘了這件事。媽媽講理所當然的事的理由之一。特別強調，以免別人忘記。這次是那個。

『千萬別放鬆戒心……』

我無法反駁。就算沒有失去言語。

『他們好像在聊從人類手中奪來的夢。』

坐在地上的三隻怪物，仍在把玩發光的碎片。那些碎片正是人類的夢。他們是「食夢怪」。奪走人類的夢，以此為糧。

『會吃夢的你們，能夠藉由不斷進食夢境，得到人類的形體……』

怪物們小心翼翼地將碎片拿到嘴邊，卻一瞬間就吃掉了。這就是所謂的食夢。

『你也有過這個願望吧？』

我不知道為什麼會有食夢怪這個種族。跟人類無法說明為何會有人類這個種族一樣。

食夢怪會吃人類的夢。因為只要一直吃夢，就能變成人類的模樣。至於他們為何會想變成人類的模樣，這我也不知道。太過自然了，我從來沒思考過。

連某一天遇見一名人類少女，拜託我「請你吃掉我的夢」的時候，我都沒有想太多。看到人類，就搶走他的夢吃掉。那是食夢怪的本能……

＊

少女從稻草人裡面出現，武器離開變白的稻草人手中，飄在空中。熟悉的畫面。球體狀的格鬥武器被少女吸入體內。下一刻，少女神情扭曲，縮起身子。這是前所未有的反應，並非熟悉的畫面。

「我想你應該很難受……但只能繼續前進了。」

少女再度抬頭。似乎還有點站不穩，她卻毫不介意，拔足狂奔。再怎麼痛苦，都不得不繼續前進。少女心知肚明。

「這個記憶跟你有著密切的關聯。無法用一般的手段修復。」

就算這樣，還是必須正視。只要崩壞的記憶不恢復原狀，這孩子就無法贖罪……無法得到幸福。

「順從刻在本能上的慾望，奪走人類的夢，將其吞入腹中，渴望人類樣貌的生物。這就是那種『怪物』。」

雖然對人類而言是難以理解的畫面，對「食夢怪」這個種族來說，此乃理所當然的行為。在人類眼中異常無比的外表……對他們來說也是再自然不過的姿態……她不小心解釋了用不著解釋的事。

「你應該比我更清楚。」

這樣講或許有點壞。不過，現在講什麼都一樣。再怎麼慎選措辭，對現在的這孩子而言，全都等於是在為他定罪。他只會這樣覺得。恐怕。

「走吧，前往下一個記憶。去尋找下一個稻草人。」

冰冷的灰色石頭和無色的天空漫無止境。少女不時會停下腳步，痛苦地彎下腰。從未露出表情的少女面容都扭曲了，想必十分難受。

敵人同樣侵入了這塊領域。有黑鳥，也有黑色柵欄。唯有排除那些阻礙時，少女的表情會沒那麼痛苦。或許是多少可以轉移注意力。之前只會讓人覺得不耐煩的工作，如今竟然能幫上忙，真諷刺。

不久後，道路在一個開闊的場所中斷，無路可走。當然有辦法前進。少女毫不猶豫地走過去。前方是跟少女差不多高的石柱。

「你記得那個終端機的用法嗎？」

少女於石柱前方停下腳步，伸出手。沒有跟搭乘升降機的時候一樣直接觸碰。這個機關跟那不同。少女還記得。

少女的身體變成了光。跟被吸進稻草人的時候不同，在一陣難以形容的感覺後，少女來到另一個地方。是利用過去人類稱之為「傳送」的現象做成的傳送裝置。

傳送到的地方也是廣場，前面有座樓梯。

「你跟『她』一起來過這裡對吧？」

走下等等應該會看到的樓梯，使用那個終端機。跟「她」這位最初的同行者，以及內奸運送員一起。

少女卻跑向前方，無視她的問題。她還沒有辦法回答，所以這也是無可奈何。只要還沒找到剩下那三個稻草人，將這個領域的記憶全數修復，少女就一直發不出聲音……

視野產生雜訊，聲音出現爆音，彷彿在反映少女的痛苦。這也是「牢籠」特有的現象。雖然絕不頻繁。

她爬上平緩的樓梯，抵達巨大建築物的入口。大門按照慣例深鎖著，前方站著如同門衛的黑色稻草人。

「這是第二個記憶。準備好了嗎？」

少女走向稻草人。

贖罪：黑「欲暴」

分不清是巨大齒輪還是圖案的圓形物體，在上空不停旋轉。熟悉的天空。食夢怪居住的世界。奇妙的是，我不覺得自己「回來了」，也不覺得「懷念」。明明自己以前是在這裡生活的。只覺得「我知道這個地方」。

媽媽不知何時出現在面前。

『……做好覺悟吧。』

是在威脅我嗎？但我並不討厭。比起平常那個明顯想吸引我注意力的語氣好，沒那麼煩。至少我會覺得這傢伙現在在說的是事實。

『你現在感覺到的痛苦，會隨著修復的進度愈來愈劇烈。』

什麼嘛，就這樣嗎？這點小事根本算不上威脅。現在感覺到的痛苦？那又如何？我知道比這更難以忍受的痛苦。相較之下……

原來如此。她應該不是想威脅我，而是單純的警告。沒有任何誇飾，對等等可能會發生的事實的警告。

媽媽繼續前進。在淡綠色的天空下，於從紅褐色地面長出的無數尖銳物體中穿梭。這裡的東西全是人類世界沒有的。

『愈接近記憶深層，你就會愈接近原本的自己。』

意思是，我不覺得「回來了」，也不覺得「懷念」，是因為原本的自己跟現在的自己有巨大的差異嗎？只要接近原本的自己，看到這片天空就會感到「懷念」嗎？……真不想這樣想。

『小心點……別被過去的自己吞噬了。』

在這片天空下生活的自己。只想著奪走人類的夢的自己。啊啊，確實不想被吞噬。

『這是……』

怪物的屍體，而且不只一具，被從地面長出的尖銳物輕易刺穿。

『小心點。這種殺戮手段……』

看得出不是被尖銳物刺死，而是殺死後才把屍體插上去。比起殺戮手段，殺死對象後的所作所為更讓人覺得異常。

『那些傢伙入侵到附近了。』

敵人入侵一事並不值得驚訝。這裡是黑色稻草人裡面，所以黑色敵人會入侵，破壞故事。但那些傢伙從來沒有殺死故事的登場人物，玩弄其屍體過。

雖說用不著牠們動手，故事裡面就死了一堆人。先不說這個了，他們的做法跟平常不同。小心點不會有損失。

我試著戒備周遭，卻沒發現可疑的東西。那些傢伙說不定跑去尋找新獵物，不在這裡了。

然而，是我太天真了。

『夢……夢……』

我還什麼都沒看見，就聽見了聲音。是怪物的聲音。往更前方邁進，有隻蹲在地上的怪物。遠看都看得出他在大口吃著什麼東西。

『需要更多夢……』

怪物在吃的那東西，已經看不出原形。恐怕是同伴的……怪物的屍體。推測是把吃掉人類夢境的同伴，連同那個夢一起吞入腹中了。起初他可能只是想把夢搶走，卻做不到。被襲擊的怪物，肯定在夢被搶走前當場把它吃掉了。於是，這傢伙決定吃了同伴……

怪物不停嘟囔著「還不夠，還不夠」，抬起臉。他站起身，一副找到下一個獵物的態度。

『這傢伙……會破壞你的記憶。』

怪物展開雙臂威嚇我，黑鳥群降落到他身上。

『不加以「修復」，就無法實現願望喔？』

我知道。在稻草人裡面發現黑色敵人的話，就要將其擊倒。妳以為我經歷過幾次這個過程了？

我第一次在「運送員」的帶領下進入稻草人，是在四個月前。那傢伙是「牢籠」的嚮導。和媽媽初次見面時，我之所以會把她誤認成運送員的同伴，也是因為他們大小差不多，同樣飄在空中移動。

只不過，媽媽披著眼睛的位置開了兩個洞的白布。運送員則穿著人類會穿的黑布，戴著人類會戴的帽子，背著人類會背的「背包」。這樣一看，外表其實差滿多的。

好了，打起幹勁出發吧——那傢伙的聲音浮現腦海。非常聒譟，只會講一堆無意義的事，卻從不陳述事實的傢伙。我明明早就隱約察覺到，那傢伙不能信任……我卻在他的安排下於「牢籠」中前進，進入黑色稻草人，不斷修復「夢境」——故事的記憶。因為未經修復的夢不能吃。

當時的我是為了吞食人類的夢而跟黑色敵人戰鬥。但現在……

『還不夠……這樣還……不能成為人類……』

怪物搖晃著膨脹。

『要來了！小心！』

黑色粒子爆散，敵人出現。是外表光滑，用兩隻腳站立的敵人。以及鳥型敵人，身體圓滾滾的，相較之下，翅膀顯得很小。只要打倒那兩個敵人，剩下的就是……食夢怪。被黑鳥群附身的怪物襲擊而來。

不過，我並未因此陷入苦戰。呼喚故事的登場人物們的力量，讓他們跟黑色敵人戰鬥，這個過程我也做得得心應手了。鳥型敵人、直立行走的敵人都立刻消失。變成黑色敵人的怪物也稱不上難纏。只是會令人不快……

回過神時，我……故事中的我跟怪物纏鬥在一起。不是被黑色敵人附身的怪物，是剛才攻擊我的怪物。故事倒轉回黑鳥降臨的前一刻。

我甩掉對方的手臂，拉開距離。在他站穩腳步前迅速接近，與他擦身而過。整隻慣用手傳來衝擊的下一刻，怪物倒地的聲音響徹四方。

『可惡……差一點……就能……變成人類……』

用不著確認。我知道我收拾掉他了。因為他是……

『在你的記憶中，有兩個矛盾的存在。一個是想成為人類的怪物。』

沒錯。是我剛才打倒的。一天到晚都只想著吃掉人類的夢，過去的自己。還想吃，想吃更多……儼然是慾望的結晶。我自己沒有自覺，但我想我大概會為了吃夢，連同伴都下得了手殺掉。

『另一個是否定那個願望的怪物。』

是現在的……我。我知道一直吃人類夢境的後果，所以不得不否定。可是——

『敵人從兩者之間的縫隙入侵了。』

意即我無法徹底否定想變成人類的願望嗎？我還以為這種願望，我早就拋棄了。

『你真正想做的事情是什麼？』

這還用說。真正想做的事只有一件……我本來是這樣想的。然而，其實並非如此嗎？我還在迷惘，只是我自己沒發現？

＊

從稻草人出來的少女氣喘吁吁。她的肩膀微微起伏，或許是無法順利吸氣。光踏出一步身體就歪向旁邊。

「還好嗎？走得動嗎？」

少女邁步而出，代替回答。她的步伐馬上轉為小跑步。也許她其實是想全力狂奔，但對現在的少女而言，那就是「全力」。

稻草人後面的門打開了。前方是通往上方的漫長樓梯，不是平坦的道路。彷彿「牢籠」本身在給予少女更嚴苛的考驗，連風聲聽起來都有幾分冰冷。

這個領域沒有令人不適的沙塵，沒有影響步行的積水，也沒有遮蔽視野的暴風雪，卻讓人覺得比前面的路途更加崎嶇。

少女在樓梯中間駐足。她痛苦地按著胸口，低下頭。

「我剛才也說了，你的痛苦會隨著修復的進度愈來愈劇烈。」

之後絕對不會比現在輕鬆。少女的上半身歪成不自然的角度，重新爬起樓梯。

每當少女停下腳步，類似雜音的聲音都會伴隨喘氣聲響起，視野出現雜訊。這個現象以後肯定會發生得更頻繁。「牢籠」的狀態會視何人於何時在何處走動而有所變化。少女大概也隱約察覺到了，沒有表現出困惑。雖然有可能是因為她太痛苦，無暇顧及其他。

爬上漫長的樓梯後，道路前方有座廣場。中央設置著一小根石柱，可見應該有升降機。

走近一看，不出所料。少女碰觸石柱的上半部，整座廣場隨著由下往上推的震動開始上升……到目前為止都跟過去的經歷一樣，之後卻有些許差異。

升降機突然停止上升。在她疑惑發生什麼事的期間，石柱被黑色粒子覆蓋。敵人前來妨礙了。

少女把手伸向黑色粒子。應對方式跟黑色柵欄一樣。只不過，黑色柵欄是事先設置好的。敵人還是第一次當面阻擋她的去路。是因為少女一直沒有停止行動，才不顧一切進行妨礙嗎？

在她思考的期間，少女回來了。柵欄和稻草人中的時間流速跟外面不同，所以也不至於太快。

「黑色敵人的攻擊變激烈了……」

少女像在答腔似的，碰觸石柱的上半部。升降機重新啟動。

升降機再度一口氣上升，隨著突如其來的震動停止。感覺得出這次不是受到敵人的干擾，而是抵達目的地了。因為廣場的邊緣與走道連接在一起。

走道前方有座看起來隨時會崩塌的橋。在沙之領域，建築物和樓梯也是東裂一塊西裂一塊，石之領域卻更加嚴重。前方的橋梁損壞程度可以說是裡面最慘的。

少女僅僅是踩上去，橋梁就發出令人不安的吱嘎聲。每走一步都聽得見某處裂開的聲音，似乎連嬌小少女的體重都無法支撐。

少女過完橋的瞬間，橋梁隨著厚重冰塊裂開的聲音出現裂痕。她心想「要塌了」時，橋梁已經消失在視線範圍內。

「……路斷了。」

少女看起來沒有任何感覺，轉身飛奔而出。一副不需要退路的樣子。她心想，說得也是。

「就算有路可走，也無法回頭。」

這條路是單行道。能做出選擇的，在最後一刻。而且還不是選擇要前進抑或回頭。而是其他的，對少女來說恐怕再沉重不過的選擇。

「全部的記憶修復完畢後，我會再問你一次那個問題。所以——」

在這趟旅程開始前，少女選擇過一次。旅程結束後，她又會做出什麼樣的選擇呢？

「先整理好自己的心情吧。」

她來到第三個稻草人前。

贖罪：黑「症動」

又是那片天空下嗎。不對，顏色不太一樣。不只天空，周圍的模樣也跟剛才的稻草人裡面有所出入。不意外。

『前進吧。』

這不是現實。是記憶。屬於我的記憶，卻有種距離感，或許是因為這是損壞的記憶。

『因為只剩下前方有路可走。』

看來不只稻草人外面，連在這邊都只能前進。當然，我不會因此感到困擾。我一開始就沒打算回頭。無論是現實，還是記憶。

這麼做或許是錯誤的——事到如今，我才產生這種想法。在運送員的帶領下於「牢籠」中前進時，我從來沒想過要回頭。只是照他所說進入稻草人，修復夢境，然後吃掉。倘若我在途中折返，結果是否會不同？

『不管是哪一種生物，都很難反抗本能。想變成人類、想吃人類的夢。對怪物而言，那就是最大的慾望。』

這句話否定了我剛才的想法。食夢是本能，所以不可能想要半途折返。

『否定自己的生存理由，等同於否定自身的存在。』

別說否定了，我覺得我連生存理由都沒想過。沒有仔細思考過，所以無法否定也無法肯定。吞食人類的夢，吞食夢境成為人類。滿腦子只想著這個……不可能去思考要回頭。我就是像這樣什麼都沒在思考。

眼前有夢境就去吃。眼前有人類就去奪走夢境。夢、夢、夢、夢……我之前一直是順從這種衝動活著……

眼前的道路忽然中斷。熟悉的景色。攀登雪山的男子浮現腦海。大地的裂縫阻擋了他的去路──這句話浮現腦海。這裡沒有雪，但很像。

在第五個稻草人中看到登山家時我就在想，這個人和我是多麼相似啊。不顧其他，一味地朝目的地前進的狹隘視野、從未懷疑那個目的地是否正確的膚淺心態，以及為了自身的願望，能面不改色地犧牲他人的自私個性。

巧的是，在這個地方，被懸崖隔開的道路旁邊也有一棵枯木。我砍倒了它。跟那男人做的一樣。樹木的長度剛剛好，正好能通到對岸。儘管是臨時做成的圓木橋，這座橋挺堅固的，我順利到了對岸。沒有像登山家那樣，在過完橋的前一刻摔下去。在稻草人中目擊的事件，居然也派得上用場，有點意外。

我還以為人類的故事都沒用，因為裡面充滿執著、憎惡等無聊的事情。登山家、被趕出國家的王子、機械兵、義肢女、殺手，最後看起來都只能在與他人的關係中找到生存意義。

不只他們。在那之前於稻草人中看見的囚犯夫婦，被灌輸孩子死在「花」手下的這個虛假記憶，被迫與「花」戰鬥。同樣是如果沒有跟孩子的這層關係，他們的生存意義就不成立。

為了幫雙親報仇，擅自潛入敵陣的少年兵也好，拚上性命救出那名少年兵的「膽小鬼」隊長也罷，生存意義都建立在其他人——雙親或部下身上。

生物兵器少女雖然沒看過活生生的人類，她的行動動機同樣是其他人。她稱之為「姊姊」的原型少女。幾乎沒有任何實際的關係，連是否存在都令人存疑的其他人。

人類在意的「與他人的關係」，不是人類的我無法理解。為何人類要拘泥在芝麻小事上？我感到非常疑惑。

提供我夢境的白衣少女同情他們，為他們心生動搖，顯露各種情緒的模樣也是。我以為身為人類的少女會對人類產生共鳴很正常，沒有深究，或許我該繼續思考才對。

假如當時……我再次心想。假如我沒有小看那微不足道的異樣感和疑惑，而是一直思考到最後，是否會有什麼改變？事到如今才在思考，才在不斷思考的自己，總覺得有點可笑……

我繼續前進，前面有棵大樹擋住了路。巨大樹幹中間有一個大洞。這裡不是死路，所以那個洞裡應該還有路可走。然而，有個東西站在洞穴前方。那東西拿著長武器，推測是用來阻擋入侵者的。

這個洞是門，恐怕是通往重要場所的入口。而這個手拿長武器的傢伙是守衛……長得跟我一樣。是守衛怪物。

黑鳥降落於旁邊。不是一整群。一隻黑鳥停在大樹的樹枝上問「為什麼」。好像不是要附身在門衛身上。

第二隻黑鳥降落，說著「那種小孩」停在樹枝上。又有一隻飛來，說「變成人類」。下一隻說「無所謂」，再下一隻說「奪走」，最後一隻說「不關我的事」。停在樹枝上的黑鳥與其說在保護守衛，看起來更像與守衛聯手，妨礙我前進。

守衛怪物低聲說道：

『你想成為人類吧。』

講這種顯而易見的事實。不過，聽見他接下來說的話，我當場僵住。

『那種小孩，只是糧食罷了。事已至此，在意那種事有什麼意義？』

他為何知道？不對，知道也很正常。這是我的記憶。既然如此，這隻守衛怪物也……

『別被迷惑了。』

這句話使我回過神來。

『那些傢伙會透過你的迷惘入侵。』

守衛變成黑色膨脹起來，爆炸。黑色粒子瀰漫周遭，黑色敵人現身。無論如何，得排除這些傢伙才能前進。

與黑色敵人對峙的期間，守衛說的話依然在腦中縈繞不去。

你想成為人類吧？

沒錯。過去的我是這樣想的。極度渴望獲得人類的外貌。

那種小孩，只是糧食罷了。

我曾經這樣想過也是事實。剛開始確實是這樣。能吃到夢就行。夢被吃掉的人類會有什麼下場，我從來沒想過。

事已至此，在意那種事有什麼意義？

真想大聲否認。我並不覺得「事已至此」。我想這麼說。不過，那是我一直不肯正視的真心話。

肯定全都無法挽回了。忘記吧。沒必要不惜嘗到這麼痛苦的滋味走回頭路。大概沒必要。好想拋下一切樂得輕鬆。好想逃避。

可是，就算我拋下一切，就算我轉身就逃，想必遲早會被追上。即使消除所有的記憶，也會有東西緊抓著我不放吧。所以……

打倒背上長有尖刺的巨大敵人後，視野恢復原狀。黑鳥和守衛怪物都從巨樹的樹洞前消失了。

『他們會讀取對方的感情說出口。然後從動搖的情緒的縫隙間鑽入，破壞記憶。小心點。』

被迫面對一直壓在心底的真心話，任誰都會動搖。會想將其遺忘。那些傢伙就是藉此破壞記憶。真噁心的作風。

但我打倒黑色敵人了。這樣就沒人礙事了。我走向巨樹的樹洞，它張著昏暗的大嘴，我做好覺悟踏入其中，裡面是伸手不見五指的黑暗。才剛這麼想，周圍就變得比剛才更加明亮。

淡黃色的天空中，依舊有不明的圓形物體在轉動。儘管顏色有所差異，是同樣的天空。然而，地上的景色跟前面的路截然不同。長出地面的不是尖銳物，而是鏡子。

我在好幾面，好幾十面，搞不好有好幾百面的鏡子中前進。媽媽的身影從眼前消失。

『……那個時候。』

背後傳來聲音。回頭一看，媽媽慢了幾步跟在我身後。我不知不覺自己走在前頭了。

『你遇見一名人類。』

白衣少女。頭髮綁成兩根辮子，感覺輕輕一扭就會斷掉的纖細頸項上，戴著怎麼看都不適合她的項圈。我想起少女跟我說「我叫菲歐」時臉上的表情。那抹燦爛的笑容，跟她哭著說每天晚上都會作惡夢時判若兩人。

與此同時，令人不快的聲音浮現腦海。是運送員的聲音。

您要吃光這孩子的夢，然後變成人類對吧，我明白了。

由於他的帽子壓得低低的，身上又披著只開了兩個洞的黑布，看不出那傢伙當時的表情。他以狡猾的語氣說著「順利找到夢的提供者囉」。不是順利找到，是你去找來的吧。

『你吃光了那個人類的夢，奪走她的身體，變成人類。』

我不知道——事到如今，這只是空泛的藉口。我知道只要一直吞食人類的夢境，就能變成人類的模樣。我從未想過要搶走那個人類的身體，也從未想過要去理解。因為人類對我來說無關緊要。

當我知道吃掉那孩子的夢境，等於要奪走那孩子的人類軀體時，我第一次嘗到後悔的滋味。沒去深思從他人手中奪走自己想要的事物有何意義，以及其罪孽之深重，不僅如此，還沒有想過要去理解，使我感到自責。

全是欠缺思慮的我招致的事態。所以，我不能置之不理。既然還有路可走，也只能前進了。

『修復的終點接近了。繃緊神經……』

終點真的近了嗎？眼前是無盡的鏡子，怎麼走都看不見終點。

＊

剛從稻草人中出現，少女的身體就歪向一旁。武器飄離稻草人手中，吸進駝著背氣喘吁吁的少女體內。

少女身體一顫。宛如在勉強吞下異物。

「還走得動嗎？」

少女抬起頭，踩著不穩的腳步邁步而出。

「……這樣呀。」

稻草人背後的門敞開。門後看得見升降機，通往那裡的道路又短又平坦。即使如此，少女仍然花了一些時間才走到那裡。她連快步行走都有困難了，更遑論跑步。

「無論你要選擇哪一邊，下一個記憶都是最後的記憶。」

升降機逐漸上升。少女駝著背淺淺地呼吸。此乃升降機抵達最上層前的短暫休息時間。

「……走吧。」

就算只是短暫的休息，她好像恢復了一些精神。少女於上層的道路行走時，腳步又快了起來。

她趕走旁若無人地停在路上的黑鳥，走在漫長的走道上。可惜事情沒那麼順利。少女的狀態讓「牢籠」趨於不穩定。

通道快要走到盡頭時，視野再度出現雜訊，比之前更嚴重的雜音傳遍周遭，視野遲遲沒有恢復原狀。這漫長、嚴重的異常狀況，令人懷疑「牢籠」是不是損壞了。

雜音消失，視野復原後，少女依舊沒有馬上行動。她搖搖晃晃走完這條路。明明應該連站著都很吃力，她還是撤除了想擋住啟動裝置的黑色柵欄，搭乘升降機往上層前進。

少女來到從未見過的寬敞房間。地板的面積自不用說，天花板也高得令人瞠目結舌。仔細一看，啟動裝置的石柱設置於中央。原來如此，既然有升降機，可以理解天花板這麼高的理由。

由於房間太大，離石柱有一大段距離。用跑的很快就能抵達，卻因為視野出現雜訊的關係，無法順利前進。踉蹌著前進的少女臉上，透出一絲焦慮。

她終於走到石柱前面，著急地伸出手。腳底傳來細微的震動。本以為只有地板的一部分是升降機，結果整塊大地板都開始向上升起。若是由物理定律支配的世界，肯定需要無法計量的動力。

「你所做的修復故事，是在為自身犯下的過錯贖罪。」

少女的臉頰看起來在顫抖。雖然有可能只是升降機的震動傳到她身上，抑或是她在咬緊牙關，忍受痛苦。

「不過，馬上就要結束了。你是能實現願望呢，還是……」

升降機停止運作。與地面連接的走道對面，看得見升向天際的黑色粒子。少女擠出剩下的力氣邁出步伐。向前。能至少前進一些也好。

上坡路直線通往黑色稻草人。快到了——明顯感覺得到少女打起了幹勁。可是，雜亂的視野彷彿在阻礙少女。這是第幾次了？就算是習性，唯有這個她不想去計算……

少女一跛一跛爬上坡道，道路兩側是雜亂無章的石柱及石塔。無色的天空下，它們如同好幾座墓碑，沒有比這更不祥的景色了。

上坡路在途中變成長長的階梯。每前進幾層就會聽見震耳欲聾的雜音，視野劇烈搖晃。少女頻頻駐足。

她沒有叫少女加油。這是少女該背負的痛楚，贖罪所需的痛楚。不需要膚淺的激勵，那只會干擾她。

「這就是如假包換的最後記憶。」

抵達黑色稻草人前方時，少女已經站不直了。但她眼中的光芒絲毫未減，直盯著稻草人。

「修復完這個記憶後，你將取回所有失去之物……你的罪過在那裡等待著你。」

少女像昏倒似的，被吸入稻草人之中。

贖罪：黑「黑虐」

我回到了放著大量鏡子的場所。

『……鏡子會照出自身的模樣。』

或許是因為這樣吧，人類好像喜歡鏡子。在夢裡出現的人類的家，必然會有鏡子，人類也經常照鏡子。

『走吧，往深處前進。為了面對你的罪行。』

我在她的催促下前進。又是由媽媽帶路，是因為我在害怕前方的東西嗎？說不害怕是騙人的。我連面對自身的罪行時會發生什麼事，自己又是否有能力贖罪都不確定……

什麼東西都沒映照出來的鏡子，阻擋了我的去路。不，那不是鏡子，是門。看不出是木門還是石門的厚重門扉，自然不可能照得出東西。果然是因為我不想正視自身的模樣，才會把它誤以為是沒照出東西的鏡子嗎？

媽媽靠近後，大門便輕易開啟。門後同樣是成堆的鏡子。巨大的鏡子、小巧的鏡子、歪斜的鏡子、骯髒的鏡子、碎掉的鏡子。每一面鏡子都只映照出天空，沒有照出我的身姿。

這麼說來，前面的鏡子照出了什麼？媽媽？怪物？神奇的是，我想不起來。數不清的鏡子後面，有一面特別巨大的鏡子。道路在那裡走到盡頭。這次真的走到底了。鏡中有個小小的人影。用不著走過去看，我也認得出那是誰。

『她正是你奪走夢境的少女。』

白衣及項圈，兩根辮子。理應要笑著呼喚我「怪物先生」的少女菲歐，臉上沒有任何表情。面無表情地站在鏡中。

『你吃了少女的夢，奪走她的身體成為人類。』

每到晚上，菲歐就會來到「牢籠」。我帶著菲歐於「牢籠」中前進，一個晚上吃掉一個夢。天亮時，她會說「那明天見，怪物先生」、「我玩得很開心，怪物先生」，踏上歸途。

純粹是跟著可疑的運送員在可疑的場所移動，哪裡「開心」了？我感到疑惑。然而，在吃掉一個又一個夢境的過程中，我開始心想，莫非這就是所謂的「開心」？

看到日漸失去活力的菲歐，我也曾經心生動搖。也氣過自己幫不上忙……完全沒發現自己在對那孩子做什麼。

我不是沒有想過那個可能性。所以，我問了運送員。是因為我吃了她的夢嗎？運送員卻說「不是的。夢被吃掉對人體無害」。我因此放下了心，放棄思考也放棄懷疑。

運送員確實沒說謊，但他也沒有陳述事實。菲歐變得沒有精神，不是因為夢被吃了。那是真的，不過夢境被吃並非「對人體無害」。夢一直被吃的人類，身體會被奪走。運送員瞞著我這件事。

吃掉最後的夢境後，我獲得了人類的外貌。那個樣子跟我的想像有所出入。我本來以為自己會變成稻草人裡的士兵那種樣子，從未想過會成為嬌小的少女……

『那就是你現在的模樣。罪孽深重的「黑色少女」。』

沒錯，我成了跟菲歐樣貌相同的人。這是當然的。因為我奪走了菲歐的身體，變成人類。

『……就這樣，你實現了身為怪物的願望。夢境全被奪走的少女卻……』

成了食夢怪。被奪走人類身體的菲歐，變成了怪物。變成了彷彿在代替我背負所有罪過的模樣。我的愚蠢、膚淺、自私等所有罪過。

『你無法接受這個結論。』

我想起「如果怪物先生的願望實現，我也會很開心」那句話。無法理解的我回問菲歐，別人的願望實現有什麼好開心的。她回答，這樣會有加倍的喜悅，自己跟對方都會開心。

即使獲得了菲歐的身體，我也一點都不開心。我不開心，所以菲歐肯定也不開心。這不是我所期望的結局……

『因為，你——』

媽媽的聲音中斷。黑鳥降落在鏡子前的怪物身上。牠們想扭曲、破壞我這個怪物。

黑色敵人會透過迷惘與動搖入侵。我為站在鏡子前面的自己的外貌心生動搖。本以為自己早已捨棄迷惘，或許還有那麼一塊碎片殘留在心中。我從人類的故事中學到，愚蠢之徒沒那麼容易捨棄自身的愚蠢。

因此，這些傢伙會對我糾纏不清。如同聚集在肉屑旁邊的野獸，無時無刻都在伺機而動。不排除牠們，就無法修復記憶。

我氣得殺了運送員，卻解決不了任何問題。菲歐維持著我的樣貌消失，我則以菲歐的姿態留下。在那之後，我得知必須把壞掉的事物恢復原狀，讓它們回到該在的地方，否則什麼問題都不會解決，因此我……我……

回過神時，我又站到了鏡子前面。

『因為，你——』

鏡子的另一側，是面無表情的菲歐。

『想跟她做朋友。對吧？』

最後奪走的夢境，是菲歐自己的故事。在「現實」世界，菲歐和她的父母被人叫做「山羊之民」，受到歧視。

菲歐和她的父母什麼錯都沒有。僅僅是過著簡樸平靜生活的一般市民。某一天，他們卻突然被冠上「山羊之民」這個身分，生活驟變。

人類喜歡欺凌弱者。他們藉由這個行為確認自己擁有力量，自己是受到上天眷顧之人，並滿足於此。或是覺得自己不受到上天的眷顧，將不滿發洩在弱者身上。因此人類要是沒有可以欺負的對象，就會硬是創造出來。「山羊之民」就是因此誕生的。菲歐脖子上的項圈，象徵著那個身分。

菲歐的父母失去工作，生活立刻陷入困境。菲歐也沒了朋友，無法去學校上學。沒人願意對他們伸出援手，因為這麼做可能會害自己也被貼上「山羊之民」的標籤。

不久後，菲歐的父親慘遭殺害。明明他沒有任何罪過。母親失蹤了，應該是受不了這個處境。而那孩子成了孤身一人。

看見這段過去時，我無法饒恕害她受苦的那些傢伙。我要把他們一個個殺了。

要報復那些虐待無辜的那孩子的人。等我變成人類後，一定。

菲歐說的是對的。只要菲歐開心，我也會開心。喜悅會變成兩倍，自己跟對方都會開心，原來是真的。所以，我想讓那孩子開心。想把她的痛苦全數摧毀，只讓她體驗開心的事。明明是這樣想的。

『可是……夢境被奪走的那孩子……』

鏡中的菲歐化為白色閃光迸裂。我定睛凝視，鏡子前面的怪物被黑霧籠罩著。白色閃光流向黑霧，黑霧覆蓋住白色閃光……白色變成黑色，黑色變成白色。光與霧消失後，黑衣少女站在鏡子前面。怪物則跑到鏡子外面。

為什麼菲歐的手、菲歐的腳在這裡？

這是那孩子的東西。四肢、兩條辮子、纖細的頸項、不適合她的項圈，都是屬於那孩子的。我無權從她身上奪走任何東西。從那個什麼都沒有得到過，一直被他人掠奪的孩子身上……

『那孩子代替你成了怪物，此時此刻也在「牢籠」中徘徊。』

當時，我並不知道變成怪物的菲歐跑去哪裡了。所以在沿著「牢籠」往回走的途中遇到她的時候，我大吃一驚。失去人類外型的菲歐在「牢籠」中徘徊，我見證了這件事。

當她做出想要攻擊我的動作時，我覺得這很正常。她八成對我恨之入骨，被她殺掉也沒辦法。

然而，她並沒有這麼做。是因為我的外貌不是怪物，而是菲歐自己，她沒料到裡面是我嗎？或者，說不定她連自己在做什麼、想做什麼都搞不清楚了。

看見怪物在玩會發出聲音的樓梯時，我的胸口緊緊揪起。笑著對我說「哇，這個樓梯有聲音耶？」「好好玩喔，怪物先生！」的那孩子，最後竟然變成那樣。

哀傷地咕噥著想去更多地方冒險時的表情、玩水時高興的表情、舉起手叫我加油時的表情……我同時回憶起菲歐各式各樣的表情，心如刀割。

遇見坐在地上的老人時也是。他害我想起菲歐問「那個，怪物先生，可以去稻草人裡幫這孩子找媽媽嗎？」時的表情，使我萬分難受。

菲歐向我提出的「請求」只有兩個。一個是希望我吃掉她的夢，另一個是希望我幫迷路的孩童找母親。都不是菲歐自己能得到什麼好處的願望。

別人對她那麼冷漠，菲歐卻對別人很溫柔。她擔心跟母親走散的小孩，甚至建議「要不要跟我們一起走，找你的媽媽？」。我只覺得麻煩得要命。

結果，沒有找到那男孩的母親。不對，人是找到了，但她死在稻草人裡面。我討厭看到小孩子哭，所以沒有告訴他。那孩子說「我要在這裡等媽媽」，選擇留在原地。

他似乎真的一直在等待。人類的外表會隨時間改變。小孩會長大，最後變老……而他就是坐在沙之領域的那個老人。我一眼就認出他和那孩子是同一人物。喚我為「大姊姊」的聲音，是迫使我想起自身罪孽的聲音。

在這裡的不是菲歐，這副模樣是我從菲歐身上搶來的。那孩子現在失去人類的身軀，變成怪物四處徘徊。那孩子明明什麼錯都沒有。全是我犯下的罪……

『好了，時間到了。該修復的記憶已經全部修復完畢。』

周圍的鏡子在不知不覺間消失，附近變得一片黑暗。

『你也取回了最後一塊碎片。現在，我再請你回答一次。』

答案早已決定。一開始就決定好了。

實現你願望的時刻來臨——聲音傳遍四方，緊接著，我被吸進了黑暗中。

*

從稻草人裡出現的黑衣少女……雷瓦尼亞跪倒在地，大概是站不住了。

格鬥武器從變成白色的稻草人手中脫離，浮在空中，變成發光的碎片。

「那就是最後一塊，『言語』。」

她輕輕引導碎片。閃耀璀璨光芒的碎片，吸入雷瓦尼亞體內消失不見。

「這樣你就取回所有失去之物了。」

與白衣少女菲歐相遇的食夢怪雷瓦尼亞，在第一個晚上吃了「言語」的夢。在下一個晚上吃了「悲哀」的夢，接著是「憤怒」的夢、「祈禱」的夢、「希望」的夢、「意志」的夢，從菲歐身上奪走人類的外貌。

當然，雷瓦尼亞從未想過要讓菲歐變成怪物。只是被敵人的內奸算計了。所以在打倒內奸後，雷瓦尼亞肯定錯愕了很長一段時間。

『我……我該怎麼辦才好……』

看見他束手無策的背影，她心想，終於追上你了。在「牢籠」之中，就算身在同一個地方，也不容易遇見。因為這裡不是由所謂的物理定律支配的世界。終於遇見他了，她鬆了口氣。她立刻呼喚雷瓦尼亞。呼喚無助地垂著頭的黑衣少女。

『前怪物先生，你好像很傷腦筋。』

『妳……是運送員的同夥嗎！』

『等等，我不是你的敵人。正好相反，我搞不好會是你的救世主喔。想讓那孩子恢復原狀，不是不可能。』

『那就立刻動手！』

『可是，需要龐大的力量……跟你吃過的夢同樣龐大。』

『要怎麼做！解釋得清楚一點！』

『你需要重新收集一次夢境。只要沿著這座「牢籠」往回走就行。不過，代價是你會失去聲音及感覺。』

『行！』

『真的可以嗎？』

『這還用說。』

『我明白了。』

幸好夢境尚未與你同化，現在還有辦法剝離所有的碎片。可是，強行剝離的話碎片會壞掉。所以要將它們重新修復一遍，還給菲歐。只要被奪走的夢境復原，菲歐也會恢復原本的模樣。

她鉅細靡遺地跟他說明，但雷瓦尼亞當時可能連一半都聽不進去。也許他滿腦子都在想著要讓菲歐復原。總而言之，失去聲音及感覺的雷瓦尼亞，再次踏上修復故事的旅程……

「抉擇的時刻到了。」

雷瓦尼亞雙手撐在冰冷的石頭地上，痛苦地抖動雙肩。

「你要變成人類嗎？還是……」

地鳴般的聲音傳來。從「牢籠」底部浮出好幾塊石頭。四角的石頭、有弧度的石頭、巨大的石頭、更加巨大的石頭，它們急速上升，最後聚集在一起。

好幾塊石頭發出聲音互相碰撞，組合成一個形狀。按照時間規律轉動的齒輪，和長針與短針。出現於上空的巨大時鐘開始高速倒轉，最後停止。應該是在跟雷瓦尼亞的願望產生共鳴。雖然早就知道答案，她還是刻意詢問。

「告訴我你真正的願望。」

雷瓦尼亞抬起頭。兩行黑色淚水從他的雙眼滴落。他起身吶喊，用終於取回的聲音聲嘶力竭地吶喊。

「把那孩子……變回人類吧！」

如她所料，答案跟四個月前一字不差。

「『夢境』通通重新收集完了。該怎麼做，那孩子才能恢復原樣!?」

焦躁的語氣也和那時候並無二異。

「前進吧。前方的道路……」

她指向稻草人後面的通道，雷瓦尼亞立刻飛奔而出，連話都沒聽完。這也不能怪他。她追在後面，接著輕聲說道：「前方的道路，會順著你的意志。」

雷瓦尼亞衝向上坡的道路，跟不久前痛苦的模樣判若兩人。

「你贖清罪過了。所以，一定能夠實現願望。那就是這座『牢籠』的規則。」

就快了。你的願望就快實現了。

門扉開啟，上坡路再度出現。那條道路筆直延伸出去，通往最上層的廣場。

「找到了！在那裡！」

廣場中央有一隻怪物。失去自我，不斷徬徨的菲歐就在終點。因為那是「牢籠」的規則。只要遵守嚴格的規則，按照嚴格的順序行事，結果自然會出現。

「菲歐……」

雷瓦尼亞慢慢走向菲歐，遞出發光的碎片，或許是不想嚇到她。

「把我重新收集的『夢』……」

怪物突然雙手抱頭，宛如鬧脾氣的孩童，拚命搖頭。尖銳的聲音從她口中傳出，聽起來像在說「我不要」。

『我不要！我不要變回人類！』

這次聽得很清楚。儘管跟少女原本的聲音不太一樣，聽得出她在說什麼。

「這是……拒絕。」

為什麼？雷瓦尼亞用微弱的聲音喃喃說道。

「這孩子還是人類時的絕望記憶……在礙事。」

某一天，稀鬆平常的生活被奪走，還接連失去父母。不得不獨自承受痛苦，沒有任何人能依靠。對年幼的少女來說太過殘酷的記憶，連大人都不一定承受得住的記憶。少女拒絕再正常不過。

菲歐大叫著不要，襲向雷瓦尼亞。取回人類的姿態，對菲歐而言意味著要被拉回絕望之中。因此，強迫她這麼做的人純粹是敵人，就算那是跟過去的自己有著同樣外表的人。

「菲歐！」

差點被利爪撕裂，雷瓦尼亞仍未後退。

「我要跟菲歐做朋友！」

雷瓦尼亞伸出的手被用力甩開。是怪物的力量。少女的樣貌蕩然無存。雷瓦尼亞摔在堅硬的石頭地上，呻吟出聲。但他馬上站了起來，再次對菲歐伸出手。

「我要拯救菲歐！」

菲歐聽不進去，她無情地踢飛雷瓦尼亞。

「我要跟菲歐一起玩！」

雷瓦尼亞起身衝向菲歐。珍惜地抱著發光的碎片，筆直衝向她。

「拜託妳！」

雷瓦尼亞又一次被菲歐擊飛。儘管如此，他還是站了起來，又被擊飛，再站起來……臉上帶著前所未見的強烈情緒。不是「意志」，不是「希望」，不是「祈禱」，更不是「憤怒」，也不同於「悲哀」。

再怎麼遭到拒絕，再怎麼遭到阻撓，都能讓他重新站起的某種情緒。

「……希望妳相信我。」

顫抖著的呢喃，是發自內心的願望。這句話是否傳達給了變成怪物的菲歐，不得而知。不過，她擊飛雷瓦尼亞的力道似乎減弱了那麼一些。

話雖如此，她並沒有立刻停止拒絕，雷瓦尼亞必須不停被擊飛，然後再站起來。耐心地，一次又一次地。

菲歐終於坐到地上。那仰天咆哮的模樣，儼然是孩子在哭喊。雷瓦尼亞迅速接近菲歐，發光的碎片從他手中飄向菲歐。

菲歐發出格外尖銳的叫聲。雷瓦尼亞摀著胸口蹲到地上。他的身體立刻失去輪廓，化為黑色結晶。與此同時，菲歐的身體也融化成白色，變為與雷瓦尼亞形狀、大小相同的純白立方體。

下一瞬間，黑色結晶與白色結晶炸裂。怪物站在黑衣少女前一秒所在的位置。怪物原本所在的位置，則站著一名白衣少女。

兩人同時瞪大眼睛。怪物看起來鬆了口氣，少女疑惑地皺著眉頭。

少女抬頭望向怪物，一臉半是困惑半是驚訝的樣子。

「怪物先生沒能變成人類嗎？」

看來她完全不記得自己不久前還是那隻怪物。

「……不用了。」

雷瓦尼亞以平靜的語氣回答。菲歐面露喜色。

「那我們又能一起玩囉！」

在痛苦的生活中，她的笑容依然從未褪色。這應該就是雷瓦尼亞想再看一次，迫切期望能將其取回的笑容。而它就在面前，彷彿再自然不過的事。雷瓦尼亞緩緩點頭。

「……是啊。」

菲歐的眼睛骨碌碌地轉著，八成是在思考要玩什麼遊戲。小孩子特有的好奇心與冒險心，占滿了她的腦袋……

「這樣你們的願望就實現了嗎？」

她問，兩人看著彼此，展露微笑。看不出雷瓦尼亞的表情，但她知道他在微笑。沒錯，因為兩人的輪廓開始搖晃。

怪物與少女輕輕飄上空中。他們並肩牽著手，身影像海市蜃樓似地搖晃著，逐漸模糊，最後融入空中，再也看不見了。不過，兩人並未消失。

兩人離開後留下了武器。兩把格鬥用的武器。球形武器，以及形似利爪的武器。

「終於……修復那兩個人的記憶了。」

沒有任何人在聽，她卻忍不住說出口。

「因為，媽媽最喜歡說話，不擅長安安靜靜的嘛。」

她輕笑出聲，抱起武器。還有工作要做。

多邊形廣場中央設置著一個鐵籠。高聳的巨大籠子。

嗯，果然怎麼看都是「牢籠」中的牢籠，像動物園的籠子。為什麼起始之地有這種東西？換個外型感覺也可以呀。這裡有點不適合用來等人。算了，沒辦法，畢竟我不太懂「牢籠」。

那個時候來到這裡的是那孩子，媽媽是等待的那一方。啊，但這次也是「媽媽是等待的那一方」。差別只有「來到這裡」的不是那孩子，而是媽媽。

媽媽打開鐵籠的門進入其中，媽媽在裡面等媽媽……噢，現在可不是講這種讓人混亂的話的時候。

嘿咻。把它們搬到「牢籠」的最上層，可是很辛苦的喔？因為球形的格鬥武器和利爪形狀的格鬥武器很難拿。啊，別吐槽我又不是用手拿的。

來，給妳。我把東西拿來了。

「謝謝，幫大忙了。」

確認收進了兩組格鬥武器。好，這樣這次的工作就結束了。

「對呀，辛苦了。」

菲歐和雷瓦尼亞……要修復他們倆的故事，連媽媽都覺得累呢。

「他們的記憶好像都損壞得很嚴重……真是好險。」

確實，我都想請媽媽幫忙了。

「因為一次有兩人份嘛。」

不同的武器與同樣的人物有關，並不稀奇就是了。畢竟一個人擁有不只一把的武器很常見。可是，要同時修復雙方的記憶，有點罕見吧？

把雷瓦尼亞奪走的記憶還給菲歐——講起來是很簡單。不過記憶如果還維持在損壞狀態，會無法歸還，修復完畢的記憶又不會自己回去，所以必須親自送到原本的主人手中。

「而且，隨便亂動可能會變得再也無法修復。」

對呀，就是這樣。要小心翼翼……以免損壞程度擴大。

「妳累積了不少壓力呢。」

謝謝妳當時的照顧。有人聽我抱怨，心情輕鬆多了。不如說不抱怨幾句，我可能會撐不下去。呼。

這樣……他們兩個就能安詳地沉眠了。

「對呀。」

真想讓妳也看看我問「這樣你們的願望就實現了嗎？」時，那兩個人的表情。他們的笑容美到我覺得之前的辛勞通通值得，旁邊都出現「可喜可賀」的字幕了！

「可是……還沒……」

是啊……還沒……還沒結束。還有許多故事沒修復，就連現在，都有故事在被破壞。離結局還很遠。

「得收集所有的故事。」

嗯。雖然多得數不清。

哎呀？要走了嗎？

「媽媽很忙的。媽媽不是也很忙嗎？」

我知道……等一下。我很久沒出去了。前陣子一直待在這裡。好辛苦耶，一下弄得全身是沙，一下泡在水裡，一下滑雪……滑雪還挺好玩的，等一下嘛！

天空一望無際。廣闊無垠的天空中，聚集著無數的……媽媽和運送員。為了收集數不清的故事，數不清的媽媽和運送員一同飛去。飛去修復故事，飛去聳立於這片天空下的無數巨塔。

貫穿虛空的石造巨塔。那座巨大的建築物名為「牢籠(Cage)」。

奇炫館

NieR Re[in]carnation 少女與怪物

（原名：NieR Re[in]carnation ニーアリィンカーネーション 少女と怪物）

原作／遊戲「NieR Re[in]carnation」
作者／映島巡

監修／横尾太郎 & NieR Re[in]carnation 腳本團隊
書封、書腰、內封、內文設計／井尻幸惠
譯者／Runoka
執行長／陳君平　榮譽發行人／黃鎮隆
協理／洪琇菁　國際版權／黃令歡、梁名儀
總編輯／呂尚燁　美術編輯／方品舒
執行編輯／丁玉霈　企劃宣傳／陳品萱
發行／英屬蓋曼群島商家庭傳媒股份有限公司城邦分公司　尖端出版
台北市中山區民生東路二段一四一號十樓
電話：（〇二）二五〇〇—七六〇〇（代表號）
傳真：（〇二）二五〇〇—一九七九
中彰投以北經銷（含宜花東）／楨彥有限公司
電話：（〇二）八九一九—三三六九
傳真：（〇二）八九一四—五五二四
雲嘉經銷／威信圖書有限公司　嘉義公司
電話：（〇五）二三三—三八五二
傳真：（〇五）二三三—三八六三
南部經銷／威信圖書有限公司　高雄公司
電話：（〇七）三七三—〇〇七九
傳真：（〇七）三七三—〇〇八七
香港總經銷／城邦（香港）出版集團有限公司
香港灣仔駱克道193號東超商業中心1樓
電話：（八五二）二五〇八—六二三一
傳真：（八五二）二五七八—九三三七
E-mail：hkcite@biznetvigator.com
馬新經銷／城邦（馬新）出版集團　Cite(M)Sdn.Bhd.
E-mail：Cite@cite.com.my
法律顧問／王子文律師　元禾法律事務所
台北市羅斯福路三段三十七號十五樓
二〇二三年五月一版一刷
二〇二三年七月一版二刷

國家圖書館出版品預行編目資料

小說 NieR Re〈in〉carnation 少女と怪物／映島巡作 ；
Runoka譯 . --初版. --臺北市：尖端出版, 2023.05
面 ； 公分.--(奇炫館)
譯自: NieR Re〈in〉carnation 少女と怪物
ISBN 978-626-356-554-8(平裝)

861.57 112003797